海城保警

獵蠍

與英雄共鳴，與正義同在

王文杰 著

HAICHENG FILM POLICE

慷慨赴死，平安天下
今生從警，永不言悔

目錄

楔子　　獵蠍

第一案　　垃圾尋凶
　　　　引子 ·· 012
　　　　高空拋物 ·· 013
　　　　眾怒難平 ·· 019
　　　　垃圾尋凶 ·· 025
　　　　馬虎家長 ·· 032

第二案　　詐騙簡訊
　　　　引子 ·· 040
　　　　委以重任 ·· 041
　　　　詐騙簡訊 ·· 046
　　　　違法基站 ·· 053
　　　　賭海浮沉 ·· 058

第三案　　PUA公司
　　　　引子 ·· 066
　　　　身分成疑 ·· 067

目 錄

　　　　　刪庫跑路 ………………………………… 070
　　　　　PUA 公司 ………………………………… 077
　　　　　迷途知返 ………………………………… 082

第四案　隔門有眼

　　　　　引子 ……………………………………… 088
　　　　　無聲戰場 ………………………………… 089
　　　　　恐怖尾隨 ………………………………… 093
　　　　　隔門有眼 ………………………………… 099
　　　　　疑犯落網 ………………………………… 105

第五案　虛假套牌

　　　　　引子 ……………………………………… 112
　　　　　居心叵測 ………………………………… 112
　　　　　肇事逃逸 ………………………………… 118
　　　　　虛假套牌 ………………………………… 125
　　　　　蛇鼠一窩 ………………………………… 132

第六案　雨夜走貨

　　　　　引子 ……………………………………… 138
　　　　　雨夜走貨 ………………………………… 139
　　　　　意外收穫 ………………………………… 144

　　　死無對證 …………………………………150

　　　風雨欲來 …………………………………156

第七案　真假龍三

　　　引子 …………………………………………162

　　　全程監聽 …………………………………163

　　　真假龍三 …………………………………168

　　　栽贓陷害 …………………………………174

　　　詭計啟動 …………………………………179

第八案　獵蠍行動

　　　引子 …………………………………………184

　　　獵蠍行動 …………………………………185

　　　毫無收穫 …………………………………189

　　　含冤莫白 …………………………………193

　　　最終任務 …………………………………195

第九案　以命換命

　　　引子 …………………………………………200

　　　無罪釋放 …………………………………201

　　　離奇失蹤 …………………………………202

目 錄

孤膽英雄 …………………………………………… 207

以命換命 …………………………………………… 211

後記　寫給讀者

楔子
獵蠍

 楔子　獵蠍

　　海城市從表面上看還是和以往一樣熱鬧非凡，與以往唯一有所不同之處是市局齊大軍的辦公室中正在召開一場針對毒蠍集團的祕密行動會議。本次會議的參會人員並不多，一共就他和古董兩個人。古董此刻正坐在齊大軍的對面，拿起桌上的那份行動計畫書仔細翻閱，良久之後才開口問道：「你給我透個底，獵蠍計畫是省廳特許的嗎？我這次能申請直接參與行動不？」

　　齊大軍拿起手邊的茶杯喝了口茶，然後搖頭道：「計畫是特許的不假，但你那邊只能協助相關的部門展開行動。」

　　古董把計畫書放下後長嘆道：「行吧，我盡量服從組織安排，畢竟我等這個機會太久了。」

　　齊大軍自然明白古董所指何事，他出言安慰道：「老夥計，凱茂肯定能懂你的良苦用心。」

　　古董面帶苦笑，連連擺手道：「先不說這個了，跟我說說獵蠍計畫的具體安排和布控吧。」

　　齊大軍把計畫書給收回辦公桌下的櫃子裡鎖好，然後才重新說道：「你回去之後，在所裡選一個比較可靠的小傢伙，讓他平日裡出警時多注意有無可疑動向或人員。毒蠍那邊肯定會將你和所裡幾個小傢伙視為眼中釘，畢竟你們成功打擊了他們的外圍成員，對其造成了一定的人員和經濟損失。所以，接下來你們可能會跟毒蠍進行多次博弈。」

　　「明白了，關於人選，我比較看好李墨白那小子，回頭我會給他安排任務。」說話間，古董又下意識握了握右拳，隨後便惡狠狠地放狠話，「我們相識多年了，我也不想瞞你，其實就算沒省廳此次特批的獵蠍計畫，從凱茂犧牲那一刻起，我就發誓要跟毒蠍那夥人不死不休了！」

齊大軍聽著古董這話，也是相當無奈。他清楚眼前這傢伙的牛脾氣，輕咳兩聲叮囑道：「獵蠍計畫的具體行動細節你自己清楚便可，你們所主要負責外圍情報收集和鎖定一些關鍵的嫌疑人，等具體展開行動時還是要聽從省廳的統一安排，你可不能為了給凱茂報仇又給我瞎搞一通！」

　　古董不想被老搭檔嘮叨，他一臉不耐煩道：「行了，我心裡頭有數，你不用對我說教！」

　　齊大軍見老古董要發飆，趕忙說好話安撫：「別嫌我嘮叨，我也是按老規矩提醒你一下。」

　　古董彷彿又想起了頭痛的事，撓了撓腦袋說：「你說所裡的幾個小傢伙，我該怎麼培訓？」

　　齊大軍一聽這話，頓時眉頭緊皺，盯著古董反問道：「你想把四個人都訓練出來？好用到獵蠍計畫之中？或者，以後直接提拔上一線？」

　　古董先是深吸一口氣，抬手揉了揉自己的鼻子，隨後長嘆一口氣：「說句掏心窩子的話給你聽吧，我一方面希望四個小傢伙能參加獵蠍計畫，一方面又怕他們面臨生命危險或者重蹈凱茂的覆轍。」

　　這話讓齊大軍想起了那些年輕幹警犧牲的場景，在和平年代從警其實需要莫大的勇氣，想想那些年輕早逝的生命，不禁心生感慨道：「唉，我懂你心中的糾結，說起來這些孩子個個都是好樣的，為了打擊罪惡跟維護正義才走上從警之路。可他們中有些最初並不知道，以為只要穿上我們身上這身警服就夠威風帥氣，其實這身警服意味著要承擔更多的責任和危險。」

　　「聽你這麼一說我也不糾結了，正所謂玉不琢不成器，好好練練那幾個小傢伙，取早日能用到獵蠍計畫上。」古董說完之後，也跟著齊大軍憶

 楔子　獵蠍

起了當年,「其實,很多人都說警察是個鐵飯碗,但這兩個字包含了太多沉重的東西。說起來,從警意味著什麼,你我最清楚,畢竟我們也是從小警一路摸爬滾打走來的呀。話說你還記著警校畢業那天,老校長頒發畢業證書給我們說的那十六個字?」

古董話音剛落,齊大軍便開口道:「老校長說的前八個字為『慷慨赴死,平安天下』。」

古董很高興老搭檔還記著誓詞,他亦跟著點頭說:「後八個字為『今生從警,永不言悔』。」

這十六個字讓兩位老警相視一笑。很顯然,二人並沒忘記從警的初心,也沒忘記當年老校長的教誨。而後,古董又與齊大軍商談了獵蠍計畫的相關部署才匆匆離去。就這樣,針對毒蠍集團的獵蠍計畫正式暗中啟動。從省廳到市局,知道該計畫的核心人員不超一雙手,相信不久後的海城市又會掀起一股以行動代號獵蠍計畫為首的打黑除惡新風暴。

第一案
垃圾尋凶

沒有永遠的惡人,只有永遠的惡行。

—— 邱吉爾

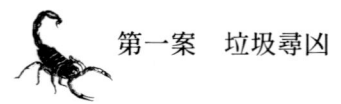 第一案　垃圾尋凶

引子

　　李墨白盯著這堆垃圾，耐住性子分析道：「不打緊，我們先來看這些垃圾，已經能看出些蛛絲馬跡了。首先有啤酒瓶子，說明家中有喝酒的人，香菸盒也是同理，菸酒足夠證明有成年男性。」

　　李墨白看向苗大川，見他點了點頭，又繼續說：「垃圾中沒有大量的外賣發票，反而有瓜果皮，說明拋物者應該不是個常年獨居的人，最起碼是個會做飯的傢伙，或者已經組建了家庭。另外，在這堆垃圾中，還有零食的包裝。在我的印象中，應該是沒有抽菸喝酒配零食的男人。這也從側面說明了拋物者應該不是獨居，多半與妻兒同住。」

　　李墨白的分析很到位，唐海城和苗大川聽著都連連點頭。苗大川想了想，道出心中的疑惑：「警察先生，這樓裡面有孩子的家庭也不在少數，我印象中就有四五戶之多，咱這還是無法確定拋物者呀！」

　　李墨白想了想，又繼續觀察垃圾堆，這些垃圾之中似乎有什麼細碎的紙塊。他方才分揀時就注意到了，只是沒及時去細看。目前，當然是要將那些紙塊拼湊起來，看能不能找出有用的線索。

　　於是說做就做，三個大男人蹲在陰涼處，開始進行拼紙尋凶。小紙塊的數量不少，不過幸好並不難拼。十幾分鐘之後，他們終於將紙塊拼成一張名片，上面寫著一家服裝貿易公司的名字，連繫人為王總。

一 高空拋物

　　老話常說，秋老虎會吃人。唐海城以前沒把這話當回事，如今才算真正體會到了。他原來老愛窩在警校寢室當宅男，眼下正式入職從警了，整天騎著車到處去出警，一時間還真受不了秋老虎的折磨。

　　這不，剛從外面回來的唐海城又是一身大汗，恰巧所裡的空調最近還壞了。這讓唐海城的心情又鬱悶不少，他也顧不上同事們異樣的眼光，撩起衣服下襬就開始狂扇。李墨白自然見怪不怪，但白煙煙可不太待見唐海城的行為，當即扭過身子冷哼了一聲，以表自己的不滿之情。

　　唐海城在辦公室裡掃了一圈，目光停留到李墨白辦公桌的那瓶飲料上，雙眼瞬間放出兩道飢渴的目光。李墨白剛察覺出這小子的不良企圖，怎想還是晚了一步。只聽見咕嘟咕嘟幾聲，李墨白桌上的飲料完全見底。等唐海城注意到李墨白哀怨的眼神時，他心懷愧疚地趕緊補救道：「小白你別這麼看我，等晚上下班了我請你喝豆汁兒如何？」

　　李墨白一聽，徹底吐血了：「合著我一瓶飲料就換來你一碗臭烘烘的豆汁兒？再說了，你家晚上吃飯配豆汁兒啊？」

　　「豆汁兒怎麼了？咱在警校的時候，不也每天去門口的攤位上整一碗嗎？」唐海城一邊給自己扇著風，一邊幽怨地看著李墨白吐槽，「啊，小白，你變了啊！」

　　「一邊去，你上禮拜剛發了薪資，休想用豆汁兒打發我！」

　　「我的薪資要存著辦正事。」

　　「買房還是娶媳婦兒？你有對象了嗎？八字還沒一撇，就想這麼多？」

　　李墨白的話直接戳中了唐海城的軟肋。唐海城其實啥都還不錯，唯獨

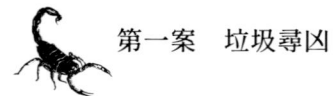

第一案　垃圾尋凶

缺乏戀愛細胞。唐海城暗想要反擊，想了好一陣才找到還是為自一個超級完美的藉口。

「小白，我目前不買房呀，我打算先買一輛車。」唐海城揉了揉自己額前的頭髮說。

李墨白看唐海城一臉正經，決定逗逗他：「那你準備買啥車，要我給你推薦下？」

唐海城現在聽李墨白這麼一說，自己感覺還真得考慮一下買什麼車好。奇瑞QQ？大老爺們開這車似乎有點憋屈。難道說買一臺麵包車？可這玩意又有點掉面兒？

李墨白見唐海城不出聲，就知道他被難住了，便站起身朝他的肩膀上拍了幾下：「你小子肚子裡那點花花腸子，我難道還猜不到嗎？反正今天的晚飯你包了，就這樣愉快地決定了。」

「小白，你敲我竹槓啊！」唐海城明顯不甘心，掙扎著想賴掉這頓飯，不想卻看到古董面色古怪地背著手從辦公室走出來。本著好漢不吃眼前虧的想法，倘若因為一頓飯又被古董給罰了，那豈不是血本無歸？唐海城暗自思量一番，最終走到自己座位上坐下，只是哀怨的眼神未曾離開過李墨白。

工作時間總是飛逝而過，但凡一忙開了，人就容易忘事兒。這不，唐海城前一陣子還在嘟囔著抱怨「飛來橫禍」，下一刻投入到工作中，就把肉疼的事忘了個精光。雖說他是小氣了不少，可沒心沒肺的特質倒沒怎麼變。

要說最近的海城市還真是一片安寧，自從洪哥一夥人落網之後，整個青山區就平靜了不少，也沒發生過重大的違法亂紀案件，鄰里之間的糾紛也減少許多。這讓古董深感欣慰，要知道老城區一直以來都是上級最頭痛

的地方，可這段時間老城區的變化眾人有目共睹，就連市局在開會時還特意表揚了老城區的治安工作大有進步。

當然，管治好老城區是古董暗中定下的小目標，現在能夠成功實現，也算是一件可喜可賀的大喜事兒。唐海城也因此過了幾天好日子，沒有繼續被古董突擊訓話，只不過他自己並沒發覺而已。

古董坐在自己的辦公桌前，看著手邊攤開的洪哥一案的案件卷宗，思索著裡頭還沒解開的種種疑點。其實，按正常工作流程來說，這宗案子古董根本無權插手干涉。不過，齊大軍知道古董的倔脾氣，若不詳細了解案情，一定不會善罷甘休，所以還是私下把卷宗調給了他。

正思索著案情，辦公室外邊傳來一陣嘈雜聲。古董又微微皺了皺眉，心想一定又是唐海城和李墨白倆小兔崽子不省心。自這倆到了所裡，連風氣都變了。以前小顧那麼老實憨厚的一孩子，愣是跟著他倆跑偏了，整天就知道嬉皮笑臉，跟唐海城越來越像，搞得古董有時看見他都有種想抽人的念頭。

想到這裡，古董就坐不住了，起身拉開門，陰著臉朝外面掃了兩眼，竟沒瞧見那對活寶。

「唐海城和李墨白呢？」古董黑著一張臉問坐在座位上老實巴交的小顧。

可憐小顧人在桌前坐，禍從天上來，只能如實回答：「古所，他倆出警去了。」

「什麼案子？」一聽二人不是瞎胡鬧，古董的臉色稍微緩了緩。

「聽說是鄰里之間起糾紛了，應該不是什麼重案。」小顧望著古董繼續道。

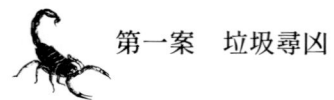

第一案　垃圾尋凶

　　古董聽完小顧說的話，沒有繼續追問，直接朝辦公室走去。小顧看古董沒有要發火的意思，不禁暗自鬆了一口氣。怎料古董走到半路又突然扭過頭來，嚇得小顧手裡的筆都摔在了地上。

　　「等李墨白回來，讓他到我辦公室一趟。」古董歪頭想了一下，崩出來這句話來，然後便大步走回辦公室。

　　「我再也不和唐海城瞎混了。」逃過一劫的小顧喃喃自語道。

　　另一邊，唐海城正和李墨白騎著電驢，頭頂豔陽，迎著熱風，火速去往現場的路上。

　　「小白，下次出警開你的小跑吧，那多拉風，這小破驢又慢還硌屁股。」唐海城抱怨道。

　　「我看你是最近又吃胖了吧？」李墨白順勢吐槽道。

　　唐海城最近是真有點胖，不過說心理話，其實也胖得不算太厲害。但經李墨白的這張破嘴一說，似乎就徹底變味了，怎麼聽都覺著彆扭。於是，唐海城果斷反擊道：「我看你小子最近太欠抽，現在居然都敢不接送我了！」

　　李墨白可不背這個鍋：「呵呵，你忍心讓我一個剛出院沒多久的人當司機？我不讓你護送我上下班、餐餐帶飯就夠好了，你還反咬我一口？」

　　唐海城怕變成免費保母，趕緊話鋒一轉道：「小白，報案者說是有人亂扔垃圾？」

　　李墨白沒搭理唐海城，只是電動車猛地加了一下速，把唐海城往後扔了一大截。

　　「小白，你等等我啊！」唐海城一邊加速一邊喊道。

李墨白也不回頭，厲聲吼道：「出警要遲了，你還有時間摸魚，小心今天回去被古董收拾！」

　　唐海城心中一驚，趕緊又開始提速，並大喊道：「小白，等等我，我電車要沒電了！」

　　不一會兒，李墨白帶著氣喘吁吁的唐海城趕到案發地──青山區大茶坊街玖富小區。這小區是最近一兩年才蓋起來的新房地產，小區裡各種軟硬體設施很齊全。不過，唐海城和李墨白現在沒閒心欣賞。二人停好電動車之後，尋著樓棟號一路找過去，終於成功抵達現場的外圍。

　　樓背面的空地上，許多居民正遠遠圍著一輛小車指指點點，其中一個大腹便便的中年男子尤其引人注目。只見他正叉著腰，腋下夾有一個小皮包，此時正氣鼓鼓地瞪著小車一動不動。也許是天氣太熱的關係，他身上的polo衫正別在肚皮上，一個圓滾滾的肚腩暴露在外，很是滑稽。

　　「小白，你看那傢伙像不像一隻鼓著氣的蛤蟆？」唐海城面帶笑意，小聲問道。

　　李墨白聽了唐海城的打趣，狠狠白他一眼道：「你嘴巴怎麼這麼欠呢？群眾找你幫忙來了，你還有心思開玩笑？」隨後，李墨白對著群眾喊了一聲：「大夥給讓讓道，我們來替大家解決困難來了。報案人是誰呀？請過來敘述一下案情。」

　　李墨白的話音剛落，只見蛤蟆大哥屁顛兒屁顛兒地跑向他，同時還不忘舉手大喊道：「警察先生，是我報的警哈。」蛤蟆大哥在說話期間還不忘把POLO衫放下去，成功遮住了自己的肚子。

　　「警察先生，你們過來看看，大清早碰到這種破事兒，我也真是倒血楣了，來來來，大夥給讓個道，讓警察先生看看。」蛤蟆大哥的情緒有些

第一案　垃圾尋凶

激動，直接拖著李墨白湊到車前。唐海城看李墨白被強行拖了過去，也趕緊跟了上去。二人上前一看，直接驚了個目瞪口呆，眼前停著的這臺車，基本上是面目全非。車上還殘留著菜湯，一大堆飯粒和大量的衛生紙，反正亂七八糟的垃圾鋪滿了整個車頂和前擋風玻璃。再仔細看看前擋風玻璃和車前蓋，有著蜘蛛網一般的裂痕與碗大的坑。難怪剛剛這一群人加上這蛤蟆大哥都對這車特別注意。

「大哥您是車主？」李墨白是個愛車之人，此時此刻看到這等情形，心裡有說不出的難受，就像貓抓著內心一般，於是趕緊轉過頭詢問報案人。

「對，我叫苗大川，同時也是車主。」

「您啥時候發現的這事？」

「就今天早上，我昨晚回來停車時還什麼事都沒有呢，結果就過了一晚上，車便讓人給毀了！也不知道是哪個缺德玩意兒，落我手裡非打到他滿地找牙！」苗大哥看來特別憤怒，說的那叫一個唾沫橫飛，看架勢就差撸起袖子動手了。

「苗大哥，您先冷靜一下，監控錄影您看過嗎？」

「那玩意兒沒用，這邊剛好是監控盲點，我從監控裡就看到了我的車屁股，連車門都瞧不見，更別說找出砸車之徒了。」

這下換唐海城和李墨白頭痛了，明顯此事無法透過調監控解決，只能從別的地處入手了。

「苗大哥，我們慢慢把事情捋清楚。您的車平時就停這邊嗎？」

「沒有，我平時都停車庫裡面，可昨天車庫門鑰匙沒電了，我無奈之下停到此處。」

018

唐海城邊聽苗大川講，邊圍著車子四周轉上一圈。苗大川停車的地方，並非專用的停車位，看樣子應該是被人開了地出來準備種點東西。說來也怪，如果按苗大川所說，他一直都把車停在車庫，真是一晚上沒留神就出了砸車事件？如此看來，實在過於巧合。唐海城捏著下巴，暗自進行著案情分析。

▋ 眾怒難平

　　可惜，唐海城還沒分析完，圍觀群眾就開始抱怨了。這種街頭巷尾常見的吐槽，怎麼可能少得了唐海城。說到底，唐海城還是長了一顆八卦之心，只不過現下的場景，他可以光明正大地去聽八卦，還美其名曰走訪群眾找線索。眨眼間，唐海城已經貓著身子鑽進人堆，幾位大媽和大姐們正聊得起勁兒，自然沒空搭理他。唐海城也不感到尷尬，他杵在一群人的中間，專心致志開始豎起耳朵聽。

　　「哎呦，也不知誰這麼缺德，雖說大苗平時確實挺招人討厭，可也不至於砸他的車呀。」

　　「快拉倒吧，依我看他這就是活該，誰幹的事，我要和他說聲謝謝。」

　　「會不會是大苗惹了什麼人，所以才被砸車報復？」

　　「我看他可能是遭到了垃圾分類的報復，你看這垃圾全都混著扔，明顯就不想分類，趁著天色暗，直接從樓上給扔了下來。」

　　一夥人你一言我一語，唐海城就算沒怎麼和苗大川打過交道，也大致清楚了他平時人緣和口碑都不太好。不過，唐海城為了推測的準確性，還

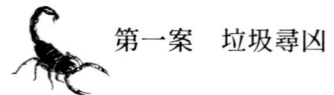

第一案　垃圾尋凶

是照例清清嗓子開口問道：「幾位姐姐，妳們都在聊啥呢？我怎麼聽見『垃圾分類』這四個字？」

這一幫人裡面可不差有五十多歲的大媽，唐海城此話一出，不少人都樂壞了，幾個大媽更是上來就拍他，然後笑著說道：「你個混小子，大白天的拿誰找樂子呢？還叫姐姐？你怎麼不說是妹妹呢？」

唐海城要的就是一個輕鬆氛圍，趕緊裝出一副驚訝的表情繼續說道：「我之前沒仔細看，就看這邊聚集著一堆人，個個兒跟二三十歲一樣，沒太過注意還以為都是我姐姐的歲數呢。」

人群裡又是一陣鬨笑。唐海城看氣氛差不多了，趕緊發問：「咱剛剛聊到垃圾分類，說誰活該來著？幹啥傷天害理的事了？」

很快，人堆中一個大姐此時發話了。唐海城者仔細定睛一看，原來就是不久前罵苗大川活該的那位。這大姐的占地面積那是相當可以，就那麼往唐海城的跟前一站，一條大腿都快趕上他的腰圍了。

大姐冷著一張臉對唐海城抱怨道：「垃圾分類的事姑且不提，反正也沒法躲不是？但說起這個姓苗的傢伙，罵他活該都罵輕了。小夥子，我告訴你，苗大川仗著自己有幾個臭錢，一向都是目中無人，很快就要無法無天了。他成天開著個破車擾民，滴滴滴叫個沒完，也不管是幾點鐘，不管別的住戶有沒休息。」

「說起這事我就來火。我的孩子每天只能午休一小時，前一陣子天天被他那個喇叭聲吵醒。眼看著明年就要中考了，不能保證睡眠怎麼好好學習？老師前幾天還說孩子下午老打瞌睡，專門打電話來問我是怎麼回事。」

「你這不算什麼，他家樓下的李老太太，你知道不？」

「知道，她那個老伴兒患有腦血栓，她又怎麼了？」

「說起來都氣人，前幾天姓苗的和李老太吵了一架。要我們說，老太太一個人照顧老頭子本來就不容易，凡事兒都盡可能讓著點。可他倒好，做著沒理的事還特理直氣壯，真不是個東西。」

這是唐海城想聽到的消息，有切入點能突破，看來案子有頭緒了：「尊老愛幼他都不懂嗎？話說是因為什麼事啊？」

「因為他自己愛亂停車，李老太的老伴兒身子不方便，李老太平時常用輪椅推著他出去曬太陽。可不久之前的一個下午，李老太推著車到樓下，愣是沒能出去成，又坐電梯回家了。」

「他的車堵在門口了？」

「差不多吧。小夥子，你看到這後門側面的殘疾人通道沒？平時李老太推著輪椅，直接就能從這個斜坡下去。但你說這斜坡萬一要是被堵住，老太太怎麼可能有力氣把輪椅弄下臺階呢？」

唐海城仔細觀察了一下，好像還真是。雖然說從門口下來不過就三四階臺階，可遇上行動不便的人，還真是個麻煩事。再順著殘疾人通道往這邊一看，苗大川的車剛好把殘疾人的過道堵了個嚴嚴實實。他內心深處對苗大川的厭惡又多了幾分。

「大姐，後來怎麼樣了？」

「這李老太上歲數了，只好忍氣吞聲。從此以後，她好久沒出門。」

唐海城聽到這話，心裡很不是滋味，眼前驀然浮現出一個場景：兩位年邁的老人在陰暗的房間裡中對窗而坐，沒人照顧也沒人關心，只能對著小小的窗戶遠眺風景，也不知道是在等待什麼，還是思索著什麼。

唐海城這邊還暗自神傷，李墨白已經給苗大川做好了筆錄。他轉過身

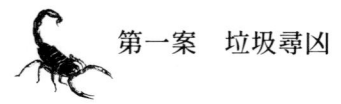

第一案　垃圾尋凶

看到唐海城站在原地發愣，心情就有些不太爽了。難怪唐海城出警時和小顧爭著要出來，原來是想趁此機會躲清閒。

「你小子躲這偷懶呢？」李墨白黑著一張臉繼續威脅，「等回所裡我要告你一狀！」

唐海城定了定神，倒也不生氣，依然是嬉皮笑臉的模樣：「小白，瞎說什麼呢？」

「我瞎說？」李墨白依舊黑著臉盯住唐海城，「你別告訴我剛才是在查案？」

唐海城嘿嘿一笑，一本正經道：「小白，我剛才確實是在查案，特意跟群眾了解情況呢。」

眼看唐海城又要暴露他臭不要臉的本質，李墨白趕緊皺著眉頭滿臉嫌棄地推開他。剛才自己在做筆錄，也不知道這小子查的結果如何。李墨白重新開口追問，唐海城總算找到了一個可傾訴的對象。

「小白，這苗大川還真不是啥好鳥。」唐海城看著不遠處的苗大川，語氣中充滿了厭惡。

「怎麼回事？」李墨白知道唐海城總愛把喜怒表露於聲色間，也並不在意，只是開口追問唐海城原因。唐海城把從眾人口中聽到的事全講給李墨白聽，還不忘加入自己些許的感悟。李墨白大致聽明白了始末，一時間亦有些不悅。但轉念仔細一想，他還是很快平復了情緒。

李墨白頗為嚴肅地看著唐海城，叮囑道：「海城，我現在特意提醒你一下，事情一碼歸一碼。先不論苗大川待人處事如何，只要不影響處理案件的進度，就與我們的工作沒太多關係。我看你剛才的情緒有些過激，等會兒別把負面情緒帶進工作裡。畢竟，現在苗大川也是受害者，這一點毋

庸置疑。保證市民的財產生命安全，可是我們的使命。」

唐海城嘟嚷著嘴不知說了啥，最終還是點點頭。但沒過多久，他還是忍不住同李墨白說道：「要我看，一切都是因果循環。這傢伙的車被人給砸了，也是因為平時人品不行，惹起民憤才會遭到報復。」

李墨白聽著，一時間竟無言以對。仔細思考許久，他覺得唐海城也算言之有理。不過，這時候可不能順著他的話往下說，要不然對方的尾巴能翹到天上去，指不定後邊還會惹出什麼大麻煩來。

「我剛才也給苗大川做了相關的筆錄。昨天晚上十點二十分左右，他從外面開車回來，因為車庫遙控門鑰匙沒電無法打開，就將車子給停到了案發地。直到今早十一點，苗大川下樓開車準備外出，才發現車輛被損毀。」李墨白抬起頭，看了看面前的這棟高樓，不由嘆了口氣。

「我猜應該不是今早發生的。」唐海城也同樣抬頭看了看，繼續進行著分析，「做這種事，鐵定要等到夜深人靜，四下無人時才做吧？要不然，暫不說可能會遭人發現，萬一砸壞了別人怎麼辦？」

李墨白剛想點頭，仔細一尋思便罵道：「你小子腦子裡裝的都是啥歪理？什麼叫必須夜裡做？這事壓根就不能做！你這都啥危險思想？幸虧是當了警察，身上穿了這層皮，要不然我真擔心會在所裡見到你。」

唐海城被李墨白說得面紅耳赤，半响沒想到能辯解的藉口，最後只能用案情分析糊弄過去，好趕緊轉移話題。

「小白，現在我們該怎麼辦？這樓看樣子有十幾層，姑且算一層兩戶住戶，加起來二十幾家人了，該先去排查哪家呢？」唐海城學著古董，摸了摸下巴，「實在讓人頭大，要知道這一棟樓，乃至旁邊幾棟樓的人都對苗大川很不爽，算起來個個都有作案動機。」

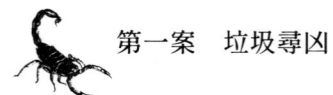

第一案　垃圾尋凶

　　李墨白也點了點頭。苗大川確實有些招人嫌，眼下真出事了，確實不好鎖定嫌疑人。

　　「海城，你聽說過『菸灰缸案』嗎？」李墨白突然想起了曾經看過的一篇報導。

　　「我好像聽說過。」唐海城在記憶裡搜尋關於「菸灰缸案」的資訊，但依然是模糊不清。

　　「你別想了，『菸灰缸案』也是一宗高空拋物案，說的是一名女童，被樓上拋下的菸灰缸砸成重傷，但樓中住戶無人承認有拋物舉動，真凶至今沒有找到。女童重傷後，她的家人將樓中所有住戶都告上了法庭，要求眾人賠償三十多萬元。」

　　「那可真是飛來橫禍。」唐海城聽得目瞪口呆，轉身去看看苗大川的車，又看了看高樓，「幸好這次只砸壞了車。」

　　「所以說，高空拋物萬萬不可，再傻的人都應該明白這個道理吧。」李墨白依然緊皺著眉頭，「就算是雞蛋大的東西從足夠高的地方落下，也能直接把一個人砸成腦震盪。」

　　唐海城點了點頭，又想起方才的案子，接話追問道：「小白，後來『菸灰缸案』怎麼樣了？這回苗大川案也要如此？」

　　「苗大川案倒不至於如此。一來，他首先就違章停車了，安全出口處不允許有任何雜物堆積擋路。如果仔細追究起來，苗大川也要承擔一定的法律責任。況且在『菸灰缸案』中，法院最終並沒判全樓人都承擔相關的責任。」

　　不知從何時起，苗大川也湊到了唐海城和李墨白的身邊，他聽到李墨白說自己也要承擔責任，瞬間便不樂意了起來。

「警察先生，我可沒犯法，是我的車被別人砸壞了，怎麼還要我承擔責任呢？」苗大川話說得急，吐沫星子四處亂飛，就連肥胖的肚腩也同時上下鼓動起來，當真像是大蛤蟆那般。

「苗先生，您有沒有想過，倘若昨天夜裡，樓裡發生了大火，全樓的人都要逃生，而您的車就停在樓門口，堵住了所有人的逃生之路，結局會是啥樣？消防車輛到達之後，消防員需要進樓展開搜救，依舊是您的車堵了路，後果又會如何？」李墨白說的時候一臉嚴肅，絲毫不給苗大川留面子。苗大川也許根本沒想過這些，猛地被李墨白質問起來，半晌只能啞口無言。

「另外，拋開安全問題，剛才也有群眾提到了您的車噪音擾民。這一點雖然與墜物案無關，但我還是想提醒您，平日裡盡可能和大夥好好相處吧。」眼下，苗大川更加無地自容了，他訕訕地答應幾句，便站在一旁不吭聲了。

「我們要挨家挨戶問嗎？」唐海城望向李墨白，等待著他的安排。

■ 垃圾尋凶

「我認為，沒這個必要。」李墨白搖了搖頭，抬手指著高樓展開推理，「這棟樓十幾層，從車輛玻璃與前車蓋損毀的情形來看，樓層低的住戶拋物的可能性暫時不大。除去這些住戶，我們起碼還要盤查十幾家，但眼下沒有明確的證據，我想誰都不會承認。」

唐海城聽後，不禁皺了皺眉，又看向苗大川，只見他一副啞巴吃黃連的模樣。

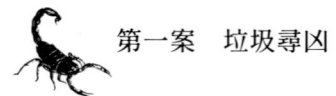# 第一案　垃圾尋凶

　　唐海城攤了攤手，反問道：「難道我們要放棄？」

　　「我可沒說放棄。」李墨白瞥了一眼唐海城，「你就知道偷懶，咱可以從別處入手查。」

　　「小白，我就知道你鬼點子多。」唐海城趕忙轉變話頭，兩顆眼珠子骨碌著轉了老半天，突然明白了李墨白說的別處是何物。果不其然，還沒等唐海城開口追問，工作就主動找了上來。

　　「別傻站著了，趕緊翻垃圾。」李墨白指著車上的垃圾，面無表情地指使著唐海城。

　　「我怎麼成天就跟臭水溝子垃圾堆打交道了。」唐海城想起之前幾次並不愉悅的經歷，心中一陣無奈。可到最後，他還是義無反顧地投身到了垃圾之中，翻起來比誰都努力。這小子就是如此，嘴上雖然一百個不樂意，可只要能解決工作中的問題，做起事來依舊幹勁十足。

　　李墨白看著唐海城翻垃圾的模樣，不禁有些發笑，見苗大川站在旁邊，也招呼他過來。

　　「苗先生，這些垃圾中可能會有拋物者遺留下的身分資訊，比方說外賣單據、相關的購物發票之類。因為樓中的住戶實在過多，我覺得從目前的物證中調查，要比樓層盤查更加有效。」

　　苗大川猛地點了點頭：「行，我跟你們一起找，怎麼著都要逮到幕後凶手。」

　　於是，二人當即俯下身去翻找車身上的垃圾。拋物的人當時應該已經將垃圾打包好裝進了袋中。只不過從高空拋下時，垃圾袋受到了猛力的撞擊，突然破裂開來，垃圾才會因此四處亂飛。

　　唐海城趴在車前蓋上，成功地把裡面的垃圾分門別類。今天的太陽特

別毒，垃圾在陽光的曝晒下散發出陣陣臭味，簡直讓人作嘔。還有不少垃圾被晒乾了，緊緊貼在車玻璃和車體上。為了保護好這些細微物證，唐海城還要小心翼翼地將它們分離，以免破壞有用的訊息。

李墨白跟苗大川也不好過，垃圾袋中裝著啤酒瓶子，落下來時摔了個稀碎，玻璃碴子滿袋都是。李墨白方才一個不小心，手上就被拉了一道口子，鮮血直流。苗大川見李唐二人雖然年紀不大，但做事極其認真，心中感動萬分，邊幫忙分揀垃圾，邊表達謝意。

「警察先生，如今像你們這樣的年輕人真不多了，不怕苦不怕累，我太感謝你們了。你瞧我這，盡整出來些雞零狗碎的事給你們添亂。」

「你要真這麼想，以後就多注意一下言行，別做讓大家有意見的事。」唐海城倒是不客氣，衝苗大川說出了自己的心理話。苗大川自然連連稱是，陪著二人又將那垃圾收拾了半天。

「扔垃圾這傢伙夠不講究，垃圾都不帶分類，這乾溼垃圾都混在一塊了。這裡還有電池，這不是有害垃圾嘛。」唐海城倒是仔細，撿個垃圾的空檔，連分類都做好了。

「不成，待會兒找到人，我要好好說說。」唐海城瞬間居委會大媽上身，「這垃圾分類，從我做起，宣傳了這麼久的口號，真是白講了啊！」

李墨白也跟著點了點頭：「看來，環保意識還是要加強宣傳，要不然翻垃圾都麻煩。」

話雖如此，眾人也還是沒停下手。可收拾了半晌，依舊沒找到什麼直觀訊息能判斷拋物者的身分，這不禁讓人感到沮喪。

李墨白盯著這堆垃圾，耐住性子分析道：「不打緊，我們先來看這些垃圾，已經能看出些蛛絲馬跡了。首先有啤酒瓶子，說明家中有喝酒的

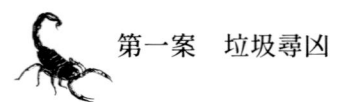

第一案　垃圾尋凶

人,香菸盒也是同理,菸酒足夠證明有成年男性。」

李墨白看向苗大川,見他點了點頭,又繼續說:「垃圾中沒有大量的外賣發票,反而有瓜果皮,說明拋物者應該不是個常年獨居的人,最起碼是個會做飯的傢伙,或者已經組建了家庭。另外,在這堆垃圾中,還有零食的包裝。在我的印象中,應該是沒有抽菸喝酒配零食的男人,這也從側面說明了拋物者應該不是獨居,多半與妻兒同住。」

李墨白的分析很到位,唐海城和苗大川聽著都連連點頭。苗大川想了想,道出心中的疑惑:「警察先生,這樓裡面有孩子的家庭也不在少數,我印象中就有四五戶之多,咱這還是無法確定拋物者呀!」

李墨白想了想,又繼續觀察垃圾堆,這些垃圾之中似乎有什麼細碎的紙塊。他方才分揀時就注意到了,只是沒及時去細看。目前,當然是要將那些紙塊拼湊起來,看能不能找出有用的線索。

於是說做就做,三個大男人蹲在陰涼處,開始進行拼紙尋凶。小紙塊的數量不少,不過幸好並不難拼。十幾分鐘之後,他們終於將紙塊拼成一張名片,上面寫著一家服裝貿易公司的名字,連繫人為王總。

這張名片讓他們相當興奮,唐海城更是掏出手機就要打上面的電話。李墨白趕忙將他攔下,又是一陣教訓。

「等會兒,你冷靜分析下不行嗎?」李墨白瞪著唐海城問道。

「我想著先打通了套套話,可能名片主人就是拋物者呢?」唐海城咧著嘴傻笑道。

唐海城說的可能性也有,李墨白也只好由他去了,但他清楚這種可能性其實並不大。

果然,一通電話打完,仍舊沒有任何收穫,電話那頭的王總壓根就

不住在海城市。唐海城不尷尬地搔了搔頭：「這種情況也在我的意料之中。不過我想，既然這名片出現在我們市了，表示一定有人和王總存在交集。」

「還算你小子清醒，苗先生，您知道樓裡有誰從事服裝貿易生意？」

苗大川歪著大腦袋，很為難地說：「這我不太清楚，我跟樓裡的人多半是點頭之交。」

李墨白想了想，還是決定求助於小區物業，調取下樓中的住戶名單。畢竟，現在拋物住戶的範圍確定了，剩下的只要按條件繼續篩查便可。從苗大川處要到了物業的連繫方式，李墨白與物業管理員說明情況，三人共同前往物業辦公室詳談。

接待李墨白的是小區物業經理，經理與物業的員工見警務人員前來，也表達了由衷的感謝，再次為小區中的瑣事表示了抱歉。一陣簡單的交流之後，李墨白直入正題，向物業提出了請求。

李墨白組織了一下語言道：「關於高空拋物的案情，經調查，我們已經有了初步了解。現在來這裡，是想請大家配合工作，提供一下苗先生所在樓棟中住戶的詳細資料，以便找出拋物者。」

經理頓了頓，點頭答應了李墨白的要求。李墨白自然不會放過這個機會，同物業眾多人員普及安全知識，經理也是連連答應。

「警察先生，只是這高空拋物的事，還真的難以管束。其實，全憑住戶的個人素養。」經理面露難色，「您說，我們也不可能挨個住戶窗邊兒裝監控不是？」

經理的話倒也沒毛病，李墨白點了點頭，表示理解。

「其實，你們能裝幾個朝天的鏡頭來對準各樓棟。」唐海城突然開口道。

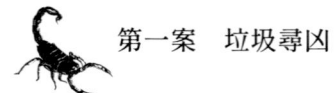

第一案　垃圾尋凶

「這倒是沒想過，不過可以試試。」經理想了想，臉上露出了笑容，「還是警察先生您想法多，這朝天鏡頭肯定能達到效果。如此一來，出了問題解決起來就方便多了，到時也能對住戶發揮一個監督作用，時刻提醒大家不能高空拋物。」

李墨白看著唐海城略顯得意的神情，也對他擠了擠眼表示讚許。這時，物業的工作人員也將住戶資料提取了出來。幾人圍坐在辦公桌前，搜尋符合條件的住戶。到最後，果真有了發現。

與苗大川同樓九層902室的賀文波，今年三十六歲，與妻子跟兒子同住，職業為個體商家，批零銷售服裝，在海城市還開有自己的店鋪。這條消息瞬間讓案情有了突破性進展。謝過物業之後，三人一起重新回到了苗大川的樓中。

「這缺德玩意兒，看我一會兒不和他算帳！」苗大川一副要和賀文波誓不罷休的模樣，讓李墨白很是擔憂，最終決定讓苗大川迴避。

「苗先生，您就在樓下等吧，我們上去了解情況，一會兒下來給您一個滿意的答覆。」

「警察先生，我也跟你們上去。這傢伙太缺德了，我要給他點顏色看看。」

「那不行，現在我們並不確定拋物人就是賀先生，您這樣衝動，很不利於我們辦案。就算真是賀先生所為，您也不應該衝動。我們來就是為了解決問題，不管是賠償還是責任判定，您都可以放心。」

「衝動可解決不了問題。」唐海城也補充了一句，「畢竟你們雙方都有錯誤，暫且都不要激動。等到水落石出，一定給您一個滿意的答覆。」

苗大川見二人這樣說，只能站在車旁等待。唐海城和李墨白進樓中，

乘著電梯抵達九樓。

「真是個個都不省心，猜想拋物者多半會是賀先生了。」唐海城長嘆一口氣道。

「別妄下結論，先找到事主了解情況吧。」

半分鐘之後，二人出了電梯便來到902屋門口敲了敲門。過了半晌，902的門才開了一條縫，門縫裡一顆小腦袋謹慎地探了出來。唐海城看著眼前這個不到十歲的毛頭小子，一時間不知說什麼好。

「小朋友，你爹媽在家不？」李墨白盡量讓自己看起來有親和力些，笑瞇瞇地衝著小男孩問話。可沒想到他，話音剛落，房門又「啪」地一下關死了，只留下二人面面相覷。

「一定是你看起來太凶，把小孩兒嚇壞了。」

「別瞎說，我剛剛還帶著微笑。」

「那更可怕了，你笑得那麼猙獰，我看著都怕。」

李墨白頓時滿頭黑線，又敲了敲門，還是沒人開門，只能放棄。

「現在怎麼辦？」唐海城也是一臉尷尬，「看來只能給賀文波打電話了。」

李墨白點了點頭，撥通剛才從物業處獲取的連繫方式。接通電話後，賀文波聽聞對方是警務人員，當即就有些緊張，承諾二十分鐘後就趕回家。

放下電話，李墨白滿臉疑惑地看著面前這道房門，自言自語道：「我總覺著高空拋物這事，跟屋裡的熊孩子脫不開關係。」

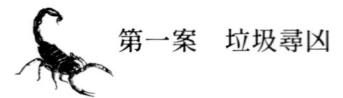

第一案　垃圾尋凶

■ 馬虎家長

結果還不到二十分鐘，賀文波就火速趕了回來。從電梯裡一出來，他就撞上了等在門口的李墨白和唐海城。不難看出來，李墨白方才那一通電話把他嚇到了。只見這個文質彬彬架著金絲眼鏡的中年男子喘著粗氣，襯衫的扣子也拽開了好幾顆，滿頭大汗不說，嘴唇都有些發白。

「警察先生，我家小寶出什麼事了？」賀文波顧不上喘氣，當即就拉著李墨白問道。感情方才在電話裡，這位粗心大意家長連什麼事都沒搞清楚就趕了回來。李墨白有些不好意思，還尋思是不是自己沒說清楚，才導致賀文波如此著急。

「賀先生，小寶是您兒子吧？他沒事。」

聽李墨白這麼一說，賀文波才鬆了一口氣，並且騰出手摸了把額頭的汗。調整好情緒之後，又想起不知眼前的兩位警察到底為何找上門來。唐海城趕忙接過話茬，向賀文波說明他們的來意。

「賀先生，今早您樓裡的苗大川先生發現他的車被人高空墜物砸了。」

聽到這裡，賀文波臉上的神情略微呆滯了片刻，隨即恢復了正常。李墨白能看出來，方才賀文波的神色中掠過了一絲幸災樂禍。他不禁皺了皺眉頭，苗大川到底有多招人討厭，怎麼人人都把他當過街老鼠。唐海城也成功捕捉到了賀文波微妙的變化，不過亦正因如此，他也對之前的推論產生了懷疑，賀文波的反應明顯不對勁。

「那可是太讓人可惜了。」賀文波很快反應過來，發現大傢伙還站在門外，趕忙招呼李墨白和唐海城進屋，「警察先生，半天光站在門口閒聊，忘了請你們進屋了，我們進來慢慢聊。」

唐海城和李墨白有些詫異，不過還是應了下來，跟著賀文波進到了屋裡。

賀文波家中倒是很乾淨素雅，處處都被打掃得一塵不染。剛進屋，賀文波便叫自己的兒子。

「小寶你出來，怎麼這麼沒禮貌，警察叔叔敲門你怎麼不應聲？」

那顆小腦袋再次怯生生地探了出來，李墨白和唐海城對視一眼，心中莫名有種想笑的衝動，不過現在還有任務在身。

李墨白當即從沙發上起身，對賀文波說：「賀先生，昨晚苗先生的車被高空墜物砸毀，我們檢查其中的物品，懷疑可能是從您家丟擲。」

賀文波方才還堆著笑的臉突然僵住了，他滿臉疑惑，甚至有些委屈，趕忙解釋道：「警察先生，這裡面一定有誤會。我從不從窗戶向外扔東西，這麼沒有公德心且危險的事，我肯定不會做。」

賀文波的模樣極為真摯，沒有絲毫說謊的跡象。唐李二人沒說話，賀文波又繼續解釋。

「苗大川確實惹人討厭，不過高空拋物砸車這種事，我連想都沒想過。」賀文波明顯沒有經歷過這種情形，他方才就漲得發紅的臉現在更紅了，鼻尖上細密的汗水結了一層，「剛才聽到他車被砸了，我多少是有些幸災樂禍。不過，現在想想都是鄰居，那點小事也著實不該記恨。」

唐海城開始詢問拼湊的那張名片：「賀先生，您認識大田服裝貿易公司的王老闆？」

賀文波怔了怔，點了點頭：「認識，他是我商舖中的一個供貨商。」

此話一出，無疑那袋子垃圾確實屬於賀文波家。唐海城將整個案件向賀文波講了一次，包括垃圾袋中的物品，那張撕碎了的名片，而且湊巧賀

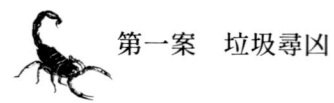

第一案　垃圾尋凶

文波家中的茶几上就放著一張，剛好被唐海城拿起來當證物。

聽完案情敘述，這下輪到賀文波沉默了。他轉頭衝裡屋怒吼道：「小寶，你給我出來！」

片刻之後，那顆小腦袋耷拉著從臥室中挪了出來。

唐海城和李墨白也猜到了事情的緣由，也沒有多說話，只聽賀文波詢問小寶。

「昨晚我讓你把垃圾分好類扔掉，你扔到什麼地方去了？」

小寶明顯有些心虛，他聲音就像蚊子一樣說：「我把它們裝好就拎著扔樓下垃圾桶了。」

「撒謊，趕緊給我老實交代！」

賀文波瞪著眼從沙發上站起身，直把小寶嚇到躲回了臥室。

李墨白趕緊上去攔住賀文波，唐海城也從背後溜過去，護住那小腦袋。

「賀先生，您別急著發火，有什麼事慢慢說。」

賀文波的臉色依舊通紅，他指著小寶，憤怒不已：「昨晚到底有沒去丟垃圾？」

小寶躲在唐海城身後，一言不發，躲閃不已的眼神已經出賣了他。

「我就說平時收拾垃圾五分鐘的活，昨晚怎麼用一分鐘就扔完了。」賀文波氣到不知所措，「感情你是給我從窗戶扔下去了！」

小寶見父親發火了，撇著嘴都快哭出來了。

唐海城發覺，現在的熊孩子還真是一點兒都不讓人省心。

「賀先生，小寶畢竟是個孩子，犯錯在所難免。」李墨白安撫著，又想

起了什麼,「您剛才說,昨晚讓小寶分類垃圾,然後再自己出去扔?」

賀文波還沒消氣,聽李墨白這麼說,「嗯」了一聲,又補充道:「本來想多鍛鍊鍛鍊他,沒想到這小王八羔子這麼沒出息,剛扔了沒幾次就捅這簍子!」

李墨白也無奈,將賀文波重新按回到沙發上,繼續苦口婆心道:「賀先生,這件事也是您做得不對。您想鍛鍊孩子,從小培養孩子環保意識,是好事,可也要考慮孩子的感受。您大晚上讓孩子出去扔垃圾,他自己敢嗎?再一個,垃圾分類這麼頭痛的事兒,別說孩子,就我們都頭痛半天,想想到底豬能不能吃,這事擱在孩子身上,可不是難為他嗎?」

賀文波想到這一茬,也不作聲了,半響之後才又開口:「都快十歲的男孩了,膽子還這麼小,將來有什麼出息?」

「這您說得就更不對了。賀先生,我猜您平時生意一定很忙,陪孩子的時間也少吧?」李墨白與賀文波交談著,「小寶這麼大的孩子,最需要家人的關心和經常交流。您除了不給予他必要的愛與關懷,還不去了解他的想法,這樣下去,孩子的成長會出問題。」

賀文波臉色緩了緩,似乎也同意了李墨白的說法。李墨白見狀,又繼續同賀文波交談。

「您也有些太過大意了吧?九層樓的高度,垃圾扔下去都要摔個粉碎,更何況是孩子呢?家裡的安全設施您有檢查過嗎?怎麼會給孩子打開窗戶拋物的機會?」

賀文波此時才逐漸後怕起來,他家中的窗戶都較好,憑藉小寶的身高壓根不可能夠到並打開。如果說小寶為了扔垃圾要開窗,那就會藉助些踩踏工具。那袋子龐然大物和孩子瘦弱的身體相比,可以說不相上下。如果

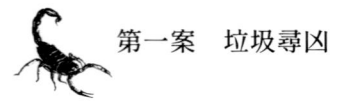
第一案　垃圾尋凶

當時小寶一不小心,被垃圾袋拽下去,後果一定不堪設想。

想到這,賀文波才明白自己犯了多大的一個錯誤,幸虧這次發生的問題並不算太嚴重。

李墨白也明白賀文波終於想清了其中的利弊關係,暗暗鬆了一口氣。

「賀先生,這次的事情說大不大,但說小也不小。車子砸壞可以修,可萬一砸壞了人,或者造成更嚴重的後果,我想一切就都無法挽回了。您和孩子以後要多加強安全意識,萬萬不可繼續馬虎了。」

賀文波不住地點著頭,也向二人表達了悔過之意:「警察先生,這次是我太過馬虎,給苗先生造成了損失,也給你們添麻煩了。我今後一定多加小心,照顧好孩子。」

隨後,賀文波又補充道:「至於苗先生的損失,我願意協商賠償。」

李墨白點了點頭,示意唐海城先去與苗大川商議,以免到時見面發生爭執。唐海城自然心領神會,下樓去好一陣交涉,這才將苗大川的不悅降到最低。不過,苗大川也算是個有覺悟的人,經過這麼一折騰,也察覺到了平日中自己的些許不足,與賀文波交談後,同樣表達了對鄰里的歉意。

如此一來,便是李墨白和唐海城最想看到的情形。就賠償問題達成一致後,苗大川也就自己平日裡的不妥行為做出了改正保證。只可憐賀文波家裡的那顆小腦袋,依舊是一副驚魂未定的神情。想必此次之後,小腦袋也會牢記住不能高空拋物了。

唐海城跟李墨白解決了這麼一樁並不棘手的案件,二人的心情大好。再回頭去看樓下那車,唐海城不禁砸了咂舌,連連嘆氣和不停地搖頭。李墨白還真有些摸不透唐海城腦袋裡的想法,一時疑惑起來。

「看著別人的車被砸壞了,你心疼?」

「不是。」唐海城搖了搖頭，嘆氣依然沒停，「我想先不買車了。」

「怎麼又變卦了？」李墨白繼續打趣，「你早上不還嚷著要先買一輛車開嗎？」

「我還是先攢錢買房吧，沒房和車庫，車停哪？難不成也扔在樓下？」唐海城搖了搖頭，「到時萬一被人砸了或劃了，或者被偷，就慘了。」

李墨白越聽越覺著沒譜，開口打擊道：「你可拉倒吧，你買的車小偷猜想還看不上。」

說完，李墨白騎著小電驢往所裡的方向飛馳，留下唐海城仔細思索著方才那句話的意思。

「我買的車賊看不起？李墨白，你幾個意思啊！」

在豔陽的照射下，兩個年輕人略顯聒噪的聲音傳了很遠，與城市的喧囂糅雜在一起，形成了一首獨特的交響樂。

回到所裡，小顧已經等候李墨白多時了，他一看到李墨白就趕緊湊上去。

「小白，你可回來了。所長說，你回來後讓我告訴你，先去他辦公室一趟。」

話說完，小顧就趕緊開溜。李墨白自然是一頭霧水，古董找他如此突然，又是因為何事？莫非又要訓人？李墨白不敢仔細想，硬著頭皮敲響古董辦公室的大門。

「進。」古董的聲音從裡面傳來。李墨白深吸一口氣走入屋內，並順手關上了門。

「古所，您找我？」

第一案　垃圾尋凶

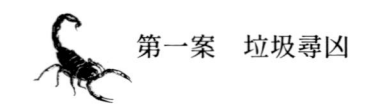

　　古董抿了一口茶，從抽屜中掏出幾張照片遞給李墨白。

　　李墨白滿臉疑惑地看向古董，見古董點頭示意，才接過來看起來。

　　不過，看了幾眼，李墨白心中便暗自驚訝了起來：「古所，這東西……」

　　李墨白抬頭看向古董，後者並沒說話，二人就這樣靜靜地看著彼此。

　　許久之後，古董才命令道：「平時工作中多加注意，一旦有異常情況，就立刻向我彙報。」

　　李墨白抬手敬禮，很嚴肅地說道：「是，保證完成任務！」

　　古董輕輕點頭，示意李墨白將手放下，然後繼續道：「行了，你先出去工作吧。」

第二案
詐騙簡訊

人會犯罪，但惡魔卻當犯罪正當化。

―― 托爾斯泰

第二案　詐騙簡訊

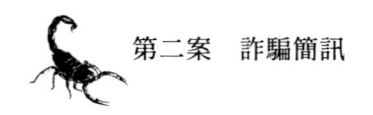

一 引子

　　另外幾人恍然大悟，又將目光聚集到李墨白的那臺電腦上。

　　「搞了半天，剛才你就是用這個原理耍了我們吧？」唐海城滿臉怒色質問道。

　　「沒錯，其實這就是一個小手段而已。」李墨白點點頭答道。

　　「訊號發送原理是明白了，可你怎麼偽裝成了古所的號？」白煙煙追問道。

　　李墨白笑了笑，把電腦上的虛擬撥號軟體亮了出來：「這就更簡單了，透過網路虛擬撥號功能，將我發送訊息的號碼偽裝成古所的號。藉助這個功能，別說普通的手機號，就算各大通訊公司、銀行企業的號碼，都能輕而易舉地模擬。」

　　「周大哥就是這樣被騙的吧？」白煙煙沉思片刻，突然問道。

　　「沒錯，周樂在跟我們交談中提到了一處反常，那就是電話突然中斷了訊號。」李墨白翻看著筆錄，將周樂提到的這個關鍵處指給眾警，「其實，這就是手機接收到其他訊號之後的反常表現。我們的手機通常預設接收營運商提供的訊號，而非營運商訊號自然會造成干擾。這就好比我們小時候看電視、聽廣播，畫面上經常會有雪花圖案或者串臺的情況。」

一 委以重任

　　午後，所裡迎來了一天中難得的休閒時光。眾警處理完早上繁雜的工作，都有些狀態欠佳，吃過飯後便趴到桌上閉目小憩。這是大夥心照不宣的一個約定：午休時間，只要不涉及工作，全都保持安靜。這一約定尤其在唐海城到所裡後更是被極力推崇，畢竟這小子太鬧騰了，活脫脫跟一個行走的大喇叭差不多。

　　吃過飯的唐海城也閒不住，兩顆眼珠子正滴溜溜地打轉。每天最讓他倍感折磨的就是午休時間，因為其餘時間都是在忙工作，沒法跟人扯閒篇。好不容易等到午休，大夥均躺屍在辦公桌前，根本沒人搭理他。不過，按唐海城的性子能閒下來才怪。這些日子，他把午休期間的折磨對象從之前的小顧轉變成了身旁的李墨白。

　　「小白，你說老古董最近幾天忙活什麼事呢？怎麼不見他出來教訓人了？」唐海城先是壓低聲音，然後用伸手推了推一旁迷迷糊糊的李墨白。

　　李墨白沒心思搭理這傢伙，隨口道：「快了，別著急，照你這脾性，馬上就要被他訓。」

　　「我呸，小白，我說你怎麼也變成了狗嘴裡吐不出象牙的人？說點話居然比白煙煙還毒舌！」唐海城說完話後，抬起頭，心虛地朝白煙煙處看去，見白煙煙捧著本書戴著耳機看得入神，這才放下心來。

　　「聽說不久前你被老古董叫進辦公室裡了？你也挨他訓了吧？」唐海城賤兮兮地看著李墨白，那表情似乎有些幸災樂禍，十足一副吃瓜群眾的模樣。李墨白瞅著心煩，一巴掌直接呼到唐海城臉上，把他推開老遠。這小子真沒眼力見，李墨白這幾天都很鬱結，甚至有些精神緊張，畢竟古董

第二案　詐騙簡訊

安排的事太重要了。

「我說你也太不夠意思了吧，咱哥倆誰跟誰，不就挨頓訓而已？讀警校的時候我被教官訓，你不都在場？」唐海城抬手抹了把臉，一臉鄙夷地看向李墨白，乾脆從桌上爬起來，拉著椅子湊到李墨白跟前，開始了他唐大媽式的說教。

李墨白又想起了古董給他看的那些照片，是他與白煙煙的日常活動軌跡。這些照片本身沒啥特別之處，可偏偏它們都是從洪哥近期才落網的一名手下那裡搜出來的東西。換句話說，李墨白和白煙煙多半早就被毒蠍的人給盯上了。

事實上，古董對於此事的態度，還處於觀望之中。首先落網者為洪哥的手下，也就是之前案件中未抓乾淨的小魚，他們效忠的頭目是洪哥，洪哥落網他們自然失去了主心骨，無法繼續興風作浪。

雖然事實本該如此，但古董還是將事情往更壞的方向深入思考了一下，跟蹤盯梢白煙煙與李墨白的人，除了目前落網的幾人外，還會有別的人嗎？如果跟蹤者另有其人，他們效忠的頭目又是誰呢？

當發現這一問題後，古董當即暗中告知了李墨白跟白煙煙，提醒二人無論是在工作中還是在生活中都應多加小心。二人明白之後，也偷偷提防了起來。李墨白心裡裝不住事，腦子裡都想著古董提到的問題。久而久之，人也有點不對勁。白煙煙雖然不露聲色，可內心也打起了小鼓。最近兩天晚上下班，白煙煙都約了胡之銘一起吃飯，順帶著讓胡之銘護送她回家。

每每想到此事，白煙煙都忍不住臉熱。難怪古人云，塞翁失馬，焉知非福。她本還想著該找什麼藉口多連繫幾次胡之銘，沒想到轉眼間就天賜

良機，讓胡之銘有了當暗夜騎士護花的機會。

其實，正經八百說起被人跟蹤之事，白煙煙心中沒啥波瀾。她不清楚李墨白有沒有發現，反正她已有了察覺。不久之前，白煙煙在下班路上發現過幾次被跟蹤的情況。當時都位於鬧市區，人流量其實很大。白煙煙起初以為是自己太過敏感，自然就沒當回事。不過，後來有一次經過回家的小路時，身後一個行跡詭異的男人露出了馬腳。

當時的天色相當暗，小路上行人較少。白煙煙深知人單力薄的道理，自然不想正面應對。最終，白煙煙憑藉熟悉周邊地形的優勢甩開了跟蹤者。若非前天古董的提醒，她一定還不拿這當回事，多半會認為是尾隨的痴漢。

看著一旁大大咧咧像個大傻子的唐海城，白煙煙多少有些迷惑。為何被跟蹤的人裡沒這傢伙？難不成毒蠍集團的人嫌他太低能，根本不把他放在眼裡？還是說自己和李墨白某些方面太過優秀才會被盯上？左思右想之後，白煙煙還是把原因落在了「價值」二字上。

「果然平庸之人還是有好處。」白煙煙微微嘆了口氣，輕搖著頭翻了一頁書。

另一邊，唐海城繼續糾纏在李墨白身邊，拚命地死纏爛打。並非李墨白不願如實相告，只因此事知道的人越少就越安全。既然唐海城沒被牽扯進來，也就表示他暫時還沒被毒蠍盯上。若他亦因此身陷囹圄，豈不是自找麻煩？

唐海城都快把李墨白吵崩潰了，自然也成功引起了另外兩人的不滿。

「唐海城，依我看，你乾脆換份工作吧。」白煙煙輕瞥一眼唐海城，露出了若有所思的表情，「你這麼愛說話，你怎麼不去當接線員呢？成天拿著電話，想不說話都難，保你一定能說個過癮。」

第二案　詐騙簡訊

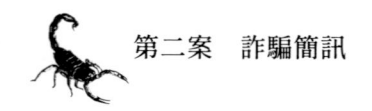

　　唐海城面對白煙煙的譏諷，並沒有直接炸毛。只見他徐徐轉過身子，用右手摸著下巴，正仔細思索著什麼東西。但白煙煙就光瞧這動作，便能猜到唐海城馬上又會狗嘴裡吐不出象牙來。

　　唐海城一臉賊笑道：「我覺得，要不我們一起換吧。你當警察確實有點屈才，因為前幾天我去了一趟南城區街道的居委會，那邊剛搬走了一戶大媽，現在區委會裡邊兒還缺人手，你管得比大海都寬，去了鐵定能擔起重任。」

　　白煙煙聽後，臉上一陣青一陣紫。不湊巧，旁邊的小顧一時間沒憋住，「噗嗤」一聲笑了出來。這下就熱鬧了，誰都甭想繼續午休。一個面紅耳赤賽張飛，一個沒皮沒臉似小醜，旁邊還跟著一個吃瓜群眾傻樂。只可憐了李墨白，被夾在中間吵得頭昏腦脹，連耳朵都懶得捂了。

　　「就沒見過誰有你話多，你上輩子是個收音機？」

　　「也沒見過誰有你事兒多，閒人白大媽。」

　　「我可沒你那麼像大媽，上次出警調解，又哭又鬧又上吊的那大姐都對你甘拜下風了！」

　　「呵呵，也不知道當時是誰一嗓子，差點把旁邊那位大哥嚇到心臟病復發了？」

　　一旁的小顧哈哈大笑，也顧不上這兩人劍拔弩張的緊張局勢。一旁的李墨白頓時頭大如斗，並暗自決定下次出警不能讓這倆再搭夥了，因為繼續這樣下去的話，所裡的臉面都要被丟光了。

　　正思索間，白煙煙和唐海城已把攻擊目標轉向看熱鬧不嫌事兒大的小顧了。小顧前一刻咧著嘴笑得那叫一個燦爛，下一刻便察覺到了空氣中的殺氣。只見小顧抬頭看去，雌雄雙煞正虎視眈眈地盯著他。

　　「你們倆特別優秀，做啥都沒問題。」小顧徐徐舉起了大拇指，腦子裡

思索著脫身之法。

「言下之意，你也贊成唐警官改行了？」白煙煙瞟了一眼唐海城，臉上充滿了不屑。

唐海城亦不甘示弱，也急忙反擊道：「胡說，小顧明明是說你更加適合改行！」

小顧一聽就知道是送命題，他直接選擇閉嘴不回答，因為說不好就會得罪人。

「你們幾個都挺悠閒啊。」恰逢小顧發愁之際，幾個人的身後突然傳來古董的聲音。這下可把小顧高興壞了，他直接從座位上蹦起來，朝著古董標準地敬了個禮，立刻遠離眼前這個沒有硝煙的戰場。

唐海城這小子平日裡雖然機靈，可到了古董面前，多少有些心生畏懼。尤其現在看古董面色陰晴不定，他心中更是沒底兒，一時也心底發虛，生怕古董單獨找他喝茶談話。只不過，唐海城忘了一句話老話叫──怕什麼來什麼。

果不其然，古董仔細環視了一圈辦公室之後，抬起手指了指唐海城，便又轉身朝著辦公室走去。因為古董的奪命一指，白煙煙心中的悶氣解了一大半。她微笑著朝著唐海城比了一個「請」的動作，便再懶得抬眼去看，重新戴起耳機專心閱讀手中的書。

「我命休矣。」唐海城丟下這四個字，邁步來到古董辦公室的門前，抬起手敲了幾下，得到許可之後才走進去，進門後又立刻順勢將門帶上了。

唐海城一時間吃不準是什麼情況，唯有試探性地問道：「所長，您找我有什麼事？」

古董從檔案櫃前轉過身來，將手中的資料放到桌上，用眼神示意唐海

第二案　詐騙簡訊

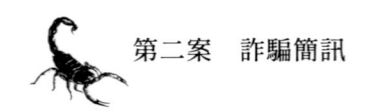

城坐下。這一舉動可把唐海城給嚇壞了，皆因平時古董叫他進來，除了劈頭蓋臉一頓臭罵，就是拉著臉苦大仇深好一陣教育，像今天這樣和顏悅色的情況，可以說是太陽打西邊出來了。想到這裡，唐海城突然有些膽怯，今早還遲到了幾分鐘，老古董莫非想算總帳？

「所長，如果我有什麼不足之處，我一定好好改正。」唐海城趕緊出言保證道。

古董緩緩開口道：「其實也不算什麼大事，我看你最近表現還行，打算安排任務給你。」

唐海城聽到這句話，眼珠子都快瞪出來了，古董是想主動安排工作給自己嗎？

古董將手中的資料遞給了唐海城，並示意仔細看看。唐海城將信將疑地接過資料，坐在古董的對面認真翻閱起來。看了好一陣子，他才放下資料起身敬禮道：「您請放心，我保證完成任務！」

「反正你萬事小心，切記不可衝動。」古董說完之後，揮揮手示意讓唐海城出去，他要仔細想想該怎麼快速執行捕蠍計畫。唐海城微微點頭，然後退出了古董的辦公室，心中思緒萬千，因為那份資料的衝擊力太大了。

■ 詐騙簡訊

唐海城出來之後，沒瞧見白煙煙和李墨白，便來到小顧跟前問道：「小白和暴力女呢？」

「剛接了個報案電話，事主說自己的錢莫名其妙被偷了，小白跟煙煙

就出警去了。」小顧看著表情鬱悶的唐海城，繼續出言安慰，「海城，你又挨古所罵了？以後工作上要多多加油，少犯錯誤就行了。」

唐海城回給小顧一個白眼兒，走到辦公桌前坐下，心中卻暗喜不已，口中還哼起了不知名的曲子。小顧見狀，也是一頭霧水。

「唉，可憐的娃啊！」小顧頗為無奈地嘆了口氣，便繼續投入到自己的工作中。

而另一邊，白煙煙與李墨白已到達了報案人的所在地──一處建築工地。

工地上，無數工人都在忙碌著。他們每一位都衣著樸素，頭頂驕陽揮汗如雨。進入工地時，李墨白就注意到了門口的那塊工程指示牌。原來，此處在修建學校。想到不久之後，無數的孩子會坐到寬敞的教室中汲取知識，李墨白對忙碌著的工人更多了幾分敬佩。

工地上的環境很差，到處都是石塊、雜草、建築材料。塵土喧天中，工人們頭戴著安全帽，直接曝晒於豔陽之下，滴落下的汗水滾到泥土中，頃刻間便被熱浪蒸乾。不得不說，這些為城市建設貢獻力量的工人，最值得大家尊敬與讚美。

這時，一名工人滿面焦灼地從後面走上前來，有些膽怯卻又掩飾不自己心中的焦急。

工人猶豫了老半天，才開口問道：「警察先生，你們能幫俺找回錢？」

李墨白和白煙煙正要尋找報案人，現在報案人主動出現，省下了不少時間。

李墨白趕忙安撫面前工人的情緒，他反問道：「大哥，剛才是您報的案？」

第二案　詐騙簡訊

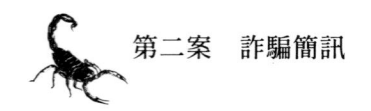

　　工人止不住地猛點頭，他的頭上滲出了許多汗水，分不清是因為太焦急亦或天氣太熱所致。張皇失措的他渾身顫抖，嘴唇皸裂開來，表面毫無血色。李墨白清楚此事對眼前的人而言非同小可。

　　白煙煙也出言說道：「別著急，把事情慢慢講清楚，我們一定想辦法追回資金給您。」

　　工人大哥聞言，一五一十將事情說了一遍，因為太過緊張，說話有些語無倫次，李墨白與白煙煙聽了好幾遍才把案發過程搞清楚。

　　眼前這名工人名叫周樂，原本是建築隊中的一名員工。幾個月前，他們所在的建築隊接下了海城市區域小學的建築專案，他也跟著隊伍不遠千里從外地來到了海城市，開始了勤勤懇懇的修建工作。

　　幾個月下來，周樂早已經適應了新地方的生活。他一如既往，每週定時給自己的家人打電話，每月定期給家人匯錢。生活一直穩步前行，毫無波瀾，小日子也越過越有盼頭。可是，就在昨晚，一樁突如其來的意外打破了他平靜的生活。

　　今早，周樂難得有半天的休息日。像往常一樣，他打電話給家人，一番詢問之後，得知家中一切都好，讓他這些日子以來的勞累一掃而光。他親暱地與妻女交談，一家人還暢想著美好的未來。這次的工程再有一兩個月便竣工了，到時等拿完工程尾款就會回家裡，與妻女團聚一段時間。妻子跟女兒聽聞消息後，自然極為開心。按照以往的慣例，當通話要結束時，周樂便說過兩天找機會將這個月的生活費打給妻子。說完之後，他又與女兒交談了一陣，才依依不捨地結束通話。

　　原本一切都看起來如此平靜，可沒過多久，一條條突如其來的簡訊便讓周樂徹底心慌意亂──因為那是來自銀行的簡訊，簡訊內容顯示，周

樂的銀行卡有多次消費轉帳記錄，還沒等他反應過來，卡中的餘額已經沒了。

周樂自然大驚失色，急忙去查銀行卡的餘額，果不其然，卡中的錢都沒了。可那些錢是他這個月剛發的薪資，也是一家人賴以生存的保障。這事對他而言無異於晴天霹靂，急忙之下，他第一時間選擇了報警。

案件的經過很簡單，幾乎沒啥太離奇之處。白煙煙與李墨白聽後，心中隱約有了偵破方向。

李墨白進一步與周樂了解案情，並接過後者手中的手機檢視他所提到的銀行簡訊。

那條訊息並沒有什麼不對的地方，確實為銀行官方發送的提示訊息。李墨白給銀行的工作人員打去了電話，先是報了自己的工作單位和證件號，經過一番了解之後，將周樂銀行卡近期的消費記錄全部提取出來。

這麼一看之下，周樂更加傻眼了，消費訊息顯示他的銀行卡在近十分鐘內，多次分批轉帳，從幾十元到幾百元，將卡中的金額轉入其他多張銀行卡中。李墨白趕忙與銀行工作人員連繫，暫時將周師傅的銀行卡帳戶做保護處理，同時凍結被轉帳的多張銀行卡，並密切關注其帳戶動態。

「周大哥，看樣子，您的銀行卡是被盜刷了。」李墨白道出初步的判斷，「您回想一下，近期有沒有洩漏過個人資訊與銀行卡訊息？」

周樂聽完，連連搖頭：「俺這段時間沒出去過，卡也沒刷過，連那卡號俺都記不全。」

「您在使用手機時，有沒有把個人資訊與銀行卡訊息洩漏給別人呢？」白煙煙接話追問道。

周樂還是搖了搖頭：「那也不可能，俺平時工地上活重，壓根沒時間

第二案　詐騙簡訊

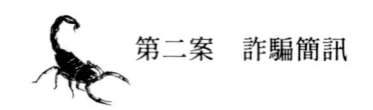

看手機。這要不是今天休息，俺都沒空給家裡人打電話。平時，這手機都沒開機，連話費俺都不怎麼充。這不，剛剛手機還來簡訊，讓俺趕緊充話費。」

李墨白點了點頭，又注意到剛才提到的話費問題，他再次拿過手機看了看簡訊，低聲問道：「您剛才是充了話費嗎？」

「對，俺剛充了五十塊的話費。那時打電話給家裡人時，電話突然就斷了，手機上還來訊息，告訴俺手機話費不足，已經停機，得趕緊充錢才能用。」周樂指著手機中的一條訊息給李墨白看。

白煙煙亦湊上前去，看過之後心中滿是疑惑，不禁暗想道：「手機在通話中如果話費充足，一般是不會強制連線的吧？再怎麼催充話費，也應該等機主通話結束後才進行簡訊通知。」

李墨白也沒多問，又打通了營運商的電話，撥通人工客服，了解周樂的手機話費詳情之後，臉色瞬間大變。他極為嚴肅地說：「周大哥，您的手機壓根就沒停機，現在卡中的餘額也還有十幾塊錢，而且後臺也查不到您剛才的充錢記錄。」

白煙煙瞬間明白周樂是被釣魚簡訊給騙了，再仔細看那條訊息，又發現了新的問題。

「周大哥，您方才手機繳費是在從何處所繳？」李墨白手持手機問道。

「就這條訊息裡，讓俺點選下方連結便能繳費，還有啥折扣能享受。」周樂拿過自己的手機，將那條連結打開給李墨白看，可點了半天都沒成功，螢幕上一直顯示「404 錯誤」。李墨白搖了搖頭，讓周樂不用點了，他已大致推斷出案件的經過。

「周大哥，您的薪資被這條簡訊給騙走了。」李墨白看著一臉鬱悶的周

樂，繼續耐心解釋，「您的手機壓根就沒停機，也不用往裡頭充錢。這條訊息並非營運商所發，而是騙子發的帶有釣魚網站連結的詐騙簡訊。」

白煙煙也有些吃驚，電信詐騙近年來極為猖獗，已讓人見怪不怪。相關部門嚴防緊打，卻還總存在漏網之魚。

「您別急，這騙子的手段不怎麼高明。我方才已經連繫了銀行那邊，幫您把騙子的帳戶都給凍結了，您的款項追回應該是沒太大問題。但我們要先揪出幕後的黑手，以免更多的人上當受騙。」李墨白表情嚴肅，給了周樂莫大的信心。

「警察先生，那就拜託您了。雖然錢不多，但那是俺一家人的生活費，家裡人還等著錢過日子呢。」周樂說著，不禁紅了眼眶。李墨白與白煙煙看到這一幕，心中莫名有些酸楚。男兒有淚不輕彈，更何況還是這樣一位老實巴交的大漢。周樂裸露的皮膚上有不少傷疤，肩膀上也有長時間扛東西被壓出來的淤青痕跡。還沒到冬天，他的雙手已遍布裂痕，甚至連手指甲蓋都出現了裂縫。即使如此，這個男人並沒放棄工地上的工作，帶著滿身的傷痕硬撐了下來，因為他還要養活一家老小。

李墨白握住周樂的手臂又安撫了一陣子，並為他做完了筆錄，徵得同意之後，將周樂的手機帶回所裡進行相關的技術分析。在返回派出所的路上，李墨白腦中滿是周樂離開時那略帶佝僂的背影。他暗下決心要加速破案，還周樂一個公道。

所裡人見兩人回來，也湊上前去了解案情，紛紛搖頭嘆惋，紛紛怒罵這夥騙子無恥。

「小白，你不是電腦高手嗎？趕緊給這群騙子點顏色瞧瞧！」唐海城也是一副打抱不平的模樣。他拉過來一張椅子，坐到李墨白旁邊滿臉期

第二案　詐騙簡訊

待。等了老半晌，見李墨白一頓操作卻一聲不吭，他心中難免有些失望。

「喂，不是吧？關鍵時刻你怎麼沒動靜了？」唐海城頗為鬱悶地問道。

李墨白懶得搭理唐海城，他開口對眾警解釋道：「這夥騙子雖然伎倆不怎麼高明，但也做足了功課。首先，我們來看騙子發送給周樂的這條訊息。」

幾個人又湊上前，翻來覆去看了半天，也沒看出啥門道，只能等著李墨白繼續講解。

李墨白點開簡訊內容分析道：「這條訊息，從發件人號碼到訊息內容，足夠以假亂真了，基本上與官方內容無異。如果收件人不注意的話，很容易就會上當受騙。其次，騙子還在訊息裡提到了所謂的充值優惠福利，利用了大多數人喜歡占小便宜的心理，為詐騙成功提供了更有利的條件。」

「的確如此，就連他們發送訊息的號碼也和官方號一樣。」小顧有些吃驚，「給我的話也不會多看，畢竟號沒問題，自然不會多懷疑。」

李墨白豎起指頭輕輕搖了搖：「話不能這麼說，你們要是不信的話，我們大可一試。」

小顧聽罷，心頭有些好奇。另外幾人亦是如此，全都齊齊看向李墨白。

只見李墨白在他那臺膝上型電腦上敲擊著鍵盤，而且動作相當迅速，讓人根本無法看清步驟。而且每逢關鍵處，他還故作神祕，將螢幕略微壓下，以此避開眾人的視線。

唐海城心中一陣不爽，當即嚷嚷道：「你小子不夠意思，這玩意不能讓我們看嗎？」

話還沒說完，唐海城的手機便響了起來，他掏出手機來剛看一眼，便苦著一張小臉，看向古董的辦公室。

一 違法基站

大夥都很好奇，唐海城這小子又怎麼了，剛還鬧騰不已，現在居然乖乖閉嘴了。

小顧發覺他是看了手機上的訊息才變成這樣，便主動湊上去一看，只見手機上有一條古董發的訊息，訊息內容大致是說發現了唐海城做的好事，讓他等等進辦公室主動認錯，要不然就別幹了，直接收拾東西滾蛋。

小顧一臉同情，砸了咂嘴道：「海城，我送你八字真言——坦白從寬，抗拒從嚴。」

唐海城頓時生無可戀，他望著古董的辦公室，始終邁不開腿，哭喪著臉嘟囔道：「這都算什麼事？明明不久前還說我表現不錯，轉眼就又要開始訓人了，這卸磨殺驢還得等驢幹完活吧。」

說著，唐海城便打算邁步朝古董那屋前進。李墨白在一旁看著，終於忍不住笑出了聲。他趕緊招呼唐海城，把他拉了回來，又開始搗鼓著電腦。不出一分鐘，小顧和白煙煙的手機相繼響起。二人拿起來一看，直接傻了眼。

因為二人的手機上，正是方才古董發給唐海城的那條訊息。

這下子輪到三個人一起傻眼了，他們仨一起看向李墨白，眼神中的憤怒油然而生。

李墨白見情況不妙，趕緊投降認錯，順帶著把這個惡作劇的原理講了出來。

「小顧，你剛才還說傳訊息的人號碼沒錯就沒問題，你現在感覺怎麼樣？」

第二案　詐騙簡訊

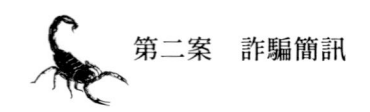

　　小顧一臉忿忿不平，心中開始同情唐海城，一邊撫著唐海城的背，一邊回應李墨白：「我現在的感覺是想抽你，瞧你剛才把海城給嚇得。」

　　李墨白有些不好意地笑了笑，岔開話題：「剛才這件看起來不可能的事，實際上想成功辦到亦很簡單，只需一臺電腦跟一臺訊號發射器，便能徹底實現。」

　　白煙煙聽到這裡，忍不住插了一句嘴：「訊號基站的原理？」

　　李墨白沒想到白煙煙對這些玩意還有了解，直接朝她比了一個大拇指。

　　隨後，李墨白繼續解釋道：「沒錯，這就是基站原理。從前，我們聽的廣播、看的有線電視，乃至現在我們用的手機，都是基於這個原理。包括平日裡接打電話、手機上網，都需要訊號的支持，而這些訊號均由基站中發射出來，如果你仔細觀察，也會在生活中發現它們的身影。」

　　另外幾人恍然大悟，又將目光聚集到李墨白的那臺電腦上。

　　「搞了半天，剛才你就是用這個原理耍了我們吧？」唐海城滿臉怒色質問道。

　　「沒錯，其實這就是一個小手段而已。」李墨白點點頭答道。

　　「訊號發送原理是明白了，可你怎麼偽裝成了古所的號？」白煙煙追問道。

　　李墨白笑了笑，把電腦上的虛擬撥號軟體亮了出來：「這就更簡單了，透過網路虛擬撥號功能，將我發送訊息的號碼偽裝成古所的號。藉助這個功能，別說普通的手機號，就算各大通訊公司、銀行企業的號碼，都能輕而易舉地模擬。」

　　「周大哥就是這樣被騙的吧？」白煙煙沉思片刻，突然問道。

「沒錯，周樂在跟我們交談中提到了一處反常，那就是電話突然中斷了訊號。」李墨白翻看著筆錄，將周樂提到的這個關鍵處指給眾警，「其實，這就是手機接收到其他訊號之後的反常表現。我們的手機通常預設接收營運商提供的訊號，而非營運商訊號自然會造成干擾。這就好比我們小時候看電視、聽廣播，畫面上經常會有雪花圖案或者串臺的情況。」

　　隨後，李墨白繼續分析道：「周樂收到了那條簡訊後，點選了騙子提供的釣魚網站，在充值的同時，意外洩露了自己的支付密碼。同時，騙子早已透過簡訊嗅探器獲取了他銀行卡的卡號。如此一來，便可隨意刷取銀行卡中的錢了。」

　　李墨白見大夥似乎能消化他所說的內容，又進一步講解道：「對於發射這類垃圾訊號的發射站，我們業內通常統稱它為偽基站。偽基站的工作原理和基站相同，但發射的訊號內容大多是垃圾訊息，甚至包含一些違法亂紀的犯罪活動。所以，私自搭設基站屬於違法行為。」

　　說到此處，李墨白又皺起了眉頭：「偽基站的危害，不僅限於釋出垃圾簡訊，除此之外，它還能配合簡訊嗅探器等電子裝置，對附近一定範圍內的手機號碼進行採集，同時採集機主的簡訊訊息，犯罪分子好憑此來進行違法活動。」

　　眾警聽後，均是倍感吃驚。按李墨白的說法，那無異於所有人都處於隱私裸奔狀態。

　　「但大家不必太過擔心，偽基站雖然可怕，可我們也想到了應對之法。一般來說，偽基站因為其不可告人的目的，都會進行隱藏放置，而偽基站大多規格較小，訊號強度不高，在同等訊號之下，強者獲勝的原則依然適用。」李墨白面帶微笑繼續科普，「我們接收到的營運商訊號遠遠強過偽基

第二案　詐騙簡訊

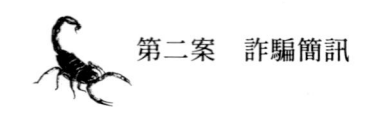

站,而且現在的手機大多數配置了辨識偽基站的軟體,再發生周樂這種被詐騙的情況的可能性並不大。」

唐海城鬆了一口氣,但又滿懷疑惑地問道:「既然如此,周大哥怎麼還會中招?」

「我懷疑和他周圍的環境有關。周大哥身處工地,距離市區較遠,手機接收到的訊號自然弱一些,而且工地上的施工環境也干擾了訊號。但最關鍵之處還是工地附近有一個地方隱藏著偽基站。」

「那不就好說了,我們現在去工地,把那個偽基站找出來,將幕後之人抓出來!」唐海城拍拍屁股,站起身來示意李墨白行動。

李墨白連連搖頭,很無奈地說:「海城,你和那個詐騙犯一樣蠢。」

白煙煙偷笑了一下,被唐海城看在眼中,只好尷尬地擺擺手:「那你說,下一步該怎麼辦?」

李墨白用手捏著下巴沉思,過了好一陣之後才開口道:「其實,我想著先把接收轉帳的那些銀行卡主人訊息調出來篩查一遍。雖然有可能會是冒名辦卡,但說不定會有新的收穫。」

白煙煙也同意李墨白的做法,以所裡的名義致電給銀行,然後開始等銀行方面提供相關訊息。結果,等銀行方面傳來訊息時,已經是六點多了。到了下班的時間,辦公室中的眾警卻齊齊沒有離崗,分工將銀行提供的訊息一一核查整理,全都忙到忘乎所以。等再次抬起頭來,辦公室外已是華燈初上。

唐海城扶了扶自己痠痛不已的腰,嘴裡忍不住罵道:「這幫騙子也太老奸巨猾了,這些銀行卡都是冒名辦理的啊!」

另外幾個人此時也抬起頭來,互相交流了下眼神,果然都是相似的

056

結果。

　　李墨白揉了揉痠脹的眼睛，繼續在電腦上輸入查詢，怎料此次就有了新的發現。

　　「大夥都過來看看！」李墨白興奮地將電腦螢幕轉向另外幾人。眾人聞聲圍上來，盯著螢幕上的身分資訊。果真，這條訊息具有一定的價值，卡主名叫趙洪，為海城市本地人，三十七歲。同時，在聯網的系統中，李墨白還查到了他三年前因偷盜販賣電纜而判刑入獄的不良記錄。

　　「這人有過前科，應該好好查查。」唐海城學古董摸了摸下巴，「小白，我們現在行動？」

　　「唐海城，你要做什麼？」不知何時，古董站在了眾人的背後，方才的對話他盡收耳中。

　　「古所，我們在說一宗詐騙案。」李墨白站起身看著古董，「這麼晚了，您還不下班嗎？」

　　古董看著眼前幾個為工作忙碌廢寢忘食的年輕人，不知不覺心情也暢快不少。

　　「你們幾位警官都還沒下班，我一個老頭子怎麼能輕易下班？」難得古董臉上樂呵呵的，還與幾人開起了玩笑，幾個人雖然有些不習慣，可也跟著一起傻樂。

　　古董想了想，才開口說：「先把這夥人的日常行動軌跡搞清楚。他進過青山區的號子，那一片的派出所負責人應該清楚，加上他有過前科，負責的警察應該會特別注意他。等明天有了回信，你們再行動也不遲。」

　　李墨白等人，聽了不住地點頭，明顯都很認可古董的偵查思路，果然薑還是老的辣。

第二案　詐騙簡訊

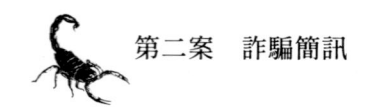

「電信詐騙案近幾年很常見，你們在偵辦時，不僅要以抓獲犯罪嫌疑人為頭號目的，更重要的是保證受害人財產的安全，盡可能追回被詐騙的錢。」古董語重心長，安頓幾人工作之餘注意休息後，便又重回辦公室，再次投入到了自己的工作中。

唐海城看著古董辦公室中灑漏出的燈光，他的心中隱約多了幾分敬佩。也許，這個性格古怪的老古董並沒有看起來那麼嚴肅古板，或者自己應該試著多去了解他。唐海城收回了目光，繼續埋頭工作，內心的觸動絲毫沒有減少。

■ 賭海浮沉

眾警忙活了大半晚上，邊打電話邊核查資料，終於摸清了趙洪的底子。據青山區派出所的負責人稱，這趙洪也算個頗有商業頭腦的怪才。十幾年前，別人都在搗騰衣服之類的商品時，趙洪便已經著手販賣一些電子零件。此人不但頭腦靈光，眼光也很毒辣。當時，他憑藉著幾樁生意，賺了不少錢。

但後來趙洪逐漸迷上了網路博彩，開始沒日沒夜地賭，漸漸就把身家敗光了。這事當時在青山區也能算人盡皆知，畢竟不久前還光鮮亮麗的小老闆，沒過幾日就成了不折不扣的窮光蛋。

再往後趙洪就走上了歪路，他繼續幹著之前的倒賣生意，但手中的貨源卻很不乾淨，什麼來路不正的手機，不知從啥地方搞來的水貨電腦，以及各種破爛的電器玩意兒，雖然賺不了大錢，但勉強也能維持生計。有一

次，他不知和一夥什麼人搞來了一卷子的電纜，四處招攬買家。可這玩意兒不像手機跟電腦。電纜這種來路不正的黑貨，可沒什麼人敢收。時間一久，這事傳到了警察的耳中。於是，趙洪就連夜被帶回了警局，經過輪番審訊，老實交代了他從施工現場偷盜電纜的事實，還因此蹲了三年號子。算起來，這趙洪也才剛出獄半年不到。當時負責的警員接到唐海城反映的情況時，同樣開始懷疑趙洪是否有作案嫌疑。

「趙洪這人在獄裡表現還算不錯，我聽獄警說他在獄中經常自學，受了不少表揚呢。不過現在想起來，還真有點不對勁。聽說他看了不少通訊知識的書籍，現在看來，竟然是為了這事？」

負責的警察在電話那頭有些哭笑不得。唐海城在電話中囑咐不要驚動趙洪，只密切觀察即可。收線之後，李墨白和唐海城又趁著夜色，開車匆匆趕到周樂所在的工地。他們此行的目的是想找出偽基站。

「小白，這偽基站長什麼樣子？我也沒見過玩意，待會兒我們怎麼找？」唐海城很困擾地搔了搔頭，環視了四周一圈。工地上除了磚頭、沙子、水泥，就是些未蓋起來的樓，剩下的也就是些工人住的工棚和運輸物料的汽車。這地方說大不大、說小不小，要找到偽基站，還真不太容易。

「偽基站應該不會太大，我猜測最多也不會大過半人吧。」李墨白悄悄算了算，「一般的偽基站應該沒那麼大的訊號輻射力，最多就在幾百公尺範圍之內，這工地上能藏東西的地方不多，我們挨處找吧。」

「如果罪犯把這東西藏牆裡頭怎麼整？難道我們要把牆推了？」唐海城突發奇想地問道。

李墨白忍不住搖了搖頭，根本沒理他，獨自展開行動，留下唐海城在身後好不尷尬。

第二案　詐騙簡訊

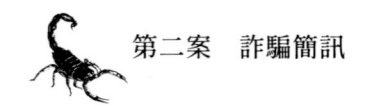

「開個玩笑都不行。」唐海城從背包中拿出訊號探測器，跟在李墨白身後開始進行搜尋。

這工地上沒蓋好的樓還有好多棟，李墨白和唐海城先從這幾排樓開始入手。不過，一趟巡下來，根本沒啥收穫。況且這樓平日裡工人們來來往往，罪犯應該不會把如此顯眼的東西藏於此處。

二人繼續朝著工棚的方向走，不出片刻就有了意外發現，工棚附近陌生訊號的強度明顯增大了許多。李墨白和唐海城頓時心中一喜，繼續朝訊號強的地方前進，果然越靠近工棚附近那陌生訊號的強度越大。到了工棚處，他倆的手機訊號幾乎成了空格。

「小白，應該是這裡了，但罪犯會把偽基站藏在何處呢？有可能藏在工棚之中？」唐海城側著臉問一旁的李墨白。

李墨白搖了搖頭，冷靜分析道：「應該不會，這東西實在太過特殊，一般不認識的人見了難免會多問幾句，況且罪犯和工地上的工人也不熟，自然也找不到機會把東西放到工棚內。」

「那⋯⋯」唐海城剛想繼續說，他的眼神不由自主撇向一旁停著的一排車輛。李墨白與唐海城是多年的死黨，自然明白他心中所想。於是，他們朝著那一排車走了過去，這回陌生訊號的強度提升到了最大，明顯那個偽基站就藏於其中的某輛車裡。

「好了，趕緊請工地上的人出來認這些車。」李墨白去把工地上的負責人找過來，工地負責人見警察深夜來訪，自然不敢含糊，可謂有問必答。

「這是小楊的車，他在工地上面運輸食材，平日裡負責給大家做飯。」

「這是小王的車，平日裡大夥兒去市裡辦事都靠他接送。」

賭海浮沉

「這臺車是老李的,老李是我們的大工頭,家就住在附近。」

「這輛……」還沒指出幾輛,負責人便呆在了原地,他疑惑地看著其中的一輛車,半晌都沒說出車主是誰。過了許久,他才有些不好意思地笑了笑,「嘿,警察先生,我這記性實在不行,我把這些車的主人都叫來,讓他們挨個打開備份箱給您檢查。」

話音剛落,負責人一聲號響,將幾輛車的車主召來,特意宣告是配合警察先生工作。

幾個性格直爽的工人直接豪爽地答應,他們依次上前用鑰匙把備份箱一一打開,同時拿出了自己的駕駛本展示給李墨白看。可許久之後,還是不見有人來打開方才負責人認不出的那輛車的備份箱。

李墨白滿腹疑惑,暗地裡留了一手,讓唐海城偷拍下那輛車的車牌跟型號傳回所裡,拜託白煙煙查了車主訊息,然後直接轉發車主訊息回來。李墨白又暗中開始觀察場中眾人的神態,恰逢此時一直躲在人群中的某個人引起了他的注意。

方才負責人召集眾人時,起初並沒說明原因,只是叫大家過來而已,而此人正在其中,說明他肯定也有一輛車。可當人聚集齊之後,唐海城說明此行的來意,此人便一直躲到人群中不再動彈。這一反常舉動讓李墨白特別注意,他沒草率採取行動,特意等場中所有人都將自己的汽車打開後才站出來問道:「這臺車的主人是誰?」

面對李墨白的疑問,工人們紛紛搖頭。這臺車與另外幾輛車都不同,工地上的車風吹雨晒,難免會沾染建築材料的污漬跟灰塵。但面前這臺車完全不同,雖然表面亦灰塵遍布,卻不見水泥與別的痕跡。

李墨白又皺了皺眉頭,眼神不經意瞟過人群中的躲閃之人,他能察覺

第二案　詐騙簡訊

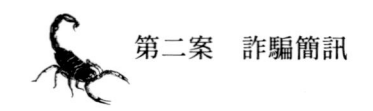

那人此時很緊張。

這時，唐海城的手機中收到了白煙煙的簡訊。可車主並非人群中那位，同樣不是趙洪，車主為海城市本地人，40多歲，而眼前之人最多30歲而已。唐海城把簡訊遞給身旁的李墨白看，他看完之後心情略為煩躁，分別看了看車和那個人，暗自展開推測，這車可能是租借而來。

想到這裡，李墨白心生一計，清清嗓子道：「既然如此，那我通知交警過來把車拖走！」

人群之中並無太大動靜，反正不是自己的車，自然不會太心疼，最多小聲嘀咕幾句。

「不過，我們已經確定，罪犯的作案工具就在該車的備份箱內。在通知交警拖走之前，我們還要大夥兒配合一下，幫幫忙把這車的備份箱給撬開，取出作案的工具，我們回所裡也好有個交代。」李墨白剛說完不久，幾個人便主動站出來，表示能幫忙一起撬。

「多謝諸位，反正這車也要報廢了，我發現工地上有切割機，就用它割開吧。」

幾個人轉身去取切割機，人群中那人慌了。他急忙瘋狂揮手，表示自己有話要說。

李墨白這招激將法果真有效，他就是為了逼對方開口。

只見那個人唯唯諾諾地說：「這車……我知道屬於誰，它不是黑車。」

李墨白自然趁熱打鐵，繼續追問道：「那你認識車主？」

那人見事情瞞不住了，便耷拉著腦袋回答道：「唉，我也是一時財迷心竅，那傢伙說給我錢，讓我把車開進來就行，但要定期幫車裡的東西充電，會按時支付相關的費用給我，我真不知道到那東西會讓周大哥丟錢啊！」

唐海城和李墨白對視一眼，都明白這次算找對人了，示意他將車子的備份箱打開。只見他從口袋中掏出了用布塊包裹著的鑰匙，拿鑰匙哆嗦著打開備份箱後。很快，那個偽基站就暴露在眾人面前。

話不多說，李唐二人當即將他帶回所裡。經過詳細了解之後，原來此人名為王二海，也是一名外來務工的人員。趁著某次休息日，外出購置東西之際，他路過了一家專門回收手機的手機店，並且意外結識了店老闆。店老闆與他做了一筆交易，交易的要求是委託他將自己的車開到工地中停放，並定時給車中的一個東西衝電。當然，店老闆也給了王二海好處費。但這些事都要王二海高度保密，否則，造成的損失一切都由王本人負責。

王二海見有利可圖，便拍著胸脯答應了。當唐海城再追問委託人是誰時，王二海卻說不出對方的名字，只依稀記得那人店鋪的位置。無奈之下，所裡只好安排白煙煙跟小顧趕往那家手機店。

但經過王二海對店老闆外貌的描述，唐海城跟李墨白心中的謎團徹底解開，因為那店老闆就是趙洪。當白煙煙跟小顧到達手機店中時，趙洪自然猜到了原因，起初拚命地裝傻充愣，直到白煙煙拿出作案工具的照片時，方肯乖乖束手就擒。

原來，這趙洪自多年前染上網賭的壞習慣後，就一直無法戒掉。他輸到傾家蕩產不說，還欠了一屁股債，卻仍不知回頭，直到最後進了監獄，才略有改變。在監獄中，他自學了不少專業知識，尤其痴迷於通訊與網路安全方面。他計劃一出獄就開始新生活，憑藉在牢中學習的知識，闖出一片屬於自己的天地來。

可理想很美好，現實卻很殘酷。出獄之後不久，趙洪依舊死性不改，再次陷入了網賭的無底洞中。俗話說，窮則思變。他首先想到了簡訊詐騙

第二案　詐騙簡訊

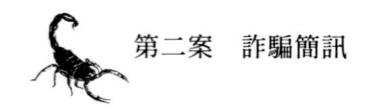

這條不歸路，監獄中學到的專業知識本該是他通向美好生活的鑰匙，此時卻又變成了犯罪工具。

趙洪花低價買了幾臺機器跟一輛二手車，以及十幾張從不明管道買來的銀行卡，匆忙組合成了一套初代詐騙系統。只是他沒想到才剛搞不久，自己的罪行便被揭露了。算起來，周樂算是他的第一位「顧客」。

得知了這一切，眾人無一不嘆惋，周樂被騙的錢，趙洪還沒來得及花。李墨白等人將錢追回給周樂後，心中感慨萬分。有些人用自己的汗水與勤勞灌溉了整座城市，建構起美好的未來。他們不辭辛苦，為的只是心中的那個夢。他們成就的不只是自己，還有旁人。而有些人卻總愛鋌而走險去犯罪，他們似乎對自己的人生並沒追求，一切都是那麼迷茫，因此走上了犯罪之路。

第三案
PUA 公司

在黑暗的時代不反抗，就意味著同謀。

—— 薩特

第三案　PUA 公司

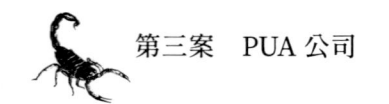

一 引子

　　大廈這一層的過道中擠滿了人，眾人都在議論紛紛。見唐海城和李墨白來了之後，人群中又強行擠出一個中年男子。與樓下的眾多程式設計師差不多，他也擁有著類似的髮型。但從他圓潤的體型與眾人的表情來看，此人應該是公司老闆。

　　「警察先生，我是打電話報案的人！」一見身穿警服的李墨白與唐海城，男子便大喊道。

　　「您怎麼稱呼？公司裡發生了什麼事？您跟我們仔細講講。」李墨白示意唐海城打開執法記錄儀，自己則準備開始做筆錄。

　　「警察先生，我姓黃，是這家公司的老闆，我被人敲詐了！」男子說話時，那張臉憋得通紅，然後轉身盯著滿走廊的人默不作聲。眾人也察覺到了老闆的不悅，紛紛重新回到辦公室中，繼續工作。

　　「究竟是怎麼回事？」李墨白見黃老闆有些走神，再次重問了一遍。

　　黃老闆斟酌了一下，才開口道：「事情其實有點複雜，警察先生。今早我來公司，剛打開電腦，就收到了一封威脅郵件。郵件上說，讓我跪下拍影片向他道歉，以此來贖回我公司的資料，否則，對方就直接把所有東西格式化！」

　　李墨白聽著，不禁啞然失笑，程式設計師刪庫跑路，多半是公司骨灰級老員工的手段。

　　「警察先生，我知道幹這事的人是誰，你們快點把他抓起來，要不然我就損失慘重了！」黃老闆苦不堪言，整個人就像熱鍋上的螞蟻。李墨白只能邊安撫黃老闆的情緒，邊繼續問詳情。

一 身分成疑

自打周樂案告破以後，唐海城這幾天可能是所裡最忙的人，每天都上崗最早離所最晚，跟打了雞血沒啥區別。李墨白早上還沒踏進所裡就能想像到某些場景，唐海城此時嘴裡絕對叼著油條，正手忙腳亂地翻看檔案。有好幾次，李墨白甚至都有點懷疑唐海城是不是壓根沒回家。

其實，李墨白並不知道，唐海城還真有這想法，因為最近他突然發覺，那個生活了快二十幾年的家，似乎還沒所裡的辦公室舒服。雖然唐海城的家裡啥都不缺，可在他眼中總覺著冷清。相比之下，所裡的氛圍實在是太好了，想查什麼東西都特別方便。

唐海城的變化與之前古董安排的任務有關，他認為這是主管對自己的一種高度認可！

可能連古董都沒想到，自己簡單的一個安排，就讓唐海城有如此大的變化。但不管怎麼樣，現在的唐海城的想法與工作態度確實極好。除此之外，從前嘈雜不已的辦公室也因此清淨不少。

古董不禁暗自思索了起來，等唐海城手上的任務結束，要不要再安排別的新任務？不過，每每想到此處，古董還是有些不太放心，因為他自己都不確定那個任務，唐海城能不能順利完成。

要說古董委派給唐海城的任務，其實與之前所裡的人被跟蹤之事有關。以他從警多年的經驗來看，此事絕對非同小可，因為毒蠍集團的人已經出擊了，而所裡的這幾個新人就是被選中的目標。古董自然不願被動接招，無論跟蹤動機如何，絕對要將這個犯罪組織連根拔起。

因為在古董眼中，毒蠍就像一顆隱藏於城市中的定時炸彈，經過巧妙

第三案　PUA 公司

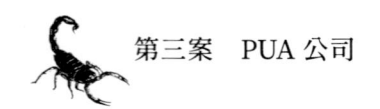

的偽裝，沒人知道它何時會引爆。古董希望能趕在它爆炸之前，想盡辦法將毒蠍這顆炸彈給拆除掉，讓風險係數降到最低。

古董深知這些年裡，毒蠍只是暫時休眠而已，即使是它處於休眠期間，也會有人暗中替它做事，比如散布在海城市中的毒蠍成員們，比如某些從表面上看是正經公司，實則為毒蠍集團的爪牙。

古董為抓到幕後黑手，才特地委派唐海城在暗中調查幾家公司。這些公司從事的行業分布廣泛，規模不一。但其法人代表卻特別詭異，經初步調查都確定要麼已經過世，要麼只是某位掛名普通員工。如果繼續深入追查，定然會找到與毒蠍相關的蛛絲馬跡。

而在調查期間，唐海城還發現了一個古怪之處，白煙煙的那位所謂的「好友」胡之銘，與這些公司的交集頗深，他的身分看來有大問題。這一發現讓唐海城既興奮又擔憂，一連好幾天，他都在糾結要不要如實相告。

李墨白見唐海城發傻，開口問道：「瞧你這愁眉緊鎖的樣子，遇見啥鬧心事了？」

唐海城連忙打馬虎眼道：「別瞎說，我這正思考案情呢。」

李墨白拉開滑輪椅坐下，出言調侃道：「這麼拚命？看來你是鐵了心想當我主管啊！」

唐海城清楚李墨白是關心自己，可這會兒並沒閒心搭理他，先用手揉了揉自己痠脹的太陽穴。李墨白無意間掃過唐海城電腦的螢幕，見上面顯示著胡之銘的個人資料，心頭不由有些驚訝。

唐海城知道瞞不住，決定如實相告：「古所讓我暗查毒蠍，我查到了這傢伙身上。」

李墨白聽罷為之一愣，追問道：「他不是一直待在南方？」

唐海城將自己查到的東西徐徐道出：「胡之銘之前確實是在南方，這一點沒錯。我查了他的消息，基本上沒啥可疑之處，社會關係也比較簡單，家中雙親去世，只剩下他一個人，剛回海城不久，認識的人不多。」

　　李墨白皺了皺眉頭，接話道：「既然如此，怎會和毒蠍有關聯？」

　　唐海城想了片刻，才說：「一個社會關係如此乾淨的人，剛到一個新的城市，就能同時成為多家公司的代理律師，你認為這種情況合理？」

　　李墨白假設了另外一種情況，繼續開口道：「或許是胡之銘能力出眾呢？」

　　唐海城舔了舔嘴唇道：「他的能力如何我不清楚，但我能確定這些公司都和毒蠍有關。」

　　唐海城見李墨白沉默不語，又發問道：「小白，他和白煙煙很熟，我們後面該怎麼辦？」

　　李墨白歪著腦袋反問道：「海城，該怎麼辦後面再商量，關鍵是這事你跟古所彙報了？」

　　唐海城搖搖頭，李墨白思索片刻，將自己與白煙煙的遭遇也說了出來。原本看似不相干的兩件事，此時反而產生了關聯。唐海城與李墨白經過多次討論，決定把胡之銘的事彙報給古董。

　　古董聽完之後，心中已有了答案。看來，這個胡之銘真的有問題，肯定是特意接近白煙煙。

　　「這事暫時別對白煙煙說，你們要保護好她，後面的事等我安排。」古董果斷命令道。

　　唐海城跟李墨白齊齊點頭答應，同時退出古董的辦公室。二人出來之後，發現白煙煙已經坐到了辦公桌前，自然都沒和白煙煙提那件事。可關

第三案　PUA 公司

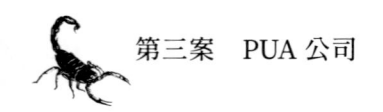

於胡之銘和毒蠍之間的關係，讓他們越來越好奇。

李墨白剛坐下不久，桌上的電話就響了起來。他接通之後連連應好，面色很是凝重。

片刻後，李墨白結束通話電話道：「有人報案說城南一家公司遭到敲詐勒索，我們過去看看。」

唐海城聽罷，接話道：「我跟你一起去，真是膽大包天，光天化日之下敲詐勒索！」

話畢，兩人帶好執法儀跟自己的證件，按報案人留下的地址趕了過去。

一　刪庫跑路

一個多小時後，唐海城跟李墨白趕到了案發地，出現在他們的面前是一棟上等的辦公室。

「小白，我猜想這公司還挺氣派。」站在大廈樓下，唐海城抬頭看著大樓，「能在這裡頭租單位的公司，規模應該不小吧？」

「這個辦公室裡的都是些網路公司，資產和規模怎麼可能小？」李墨白抹了一把汗道。

「不是我跟你吹牛，以我的電腦功底，進入這裡頭的公司上班肯定沒問題。」唐海城半瞇著眼滿臉驕傲，「別的咱先不說，就我那個打字的速度，高鐵都追不上。」

李墨白翻了個大白眼，推了推唐海城的肩膀道：「那你趕緊去啊！說

不定你替人家老闆解決了大問題，老闆一開心，就把你留下當保全隊長了！」

唐海城一巴掌打掉李墨白的手，滿臉不屑道：「你才當保全隊長呢！」

李墨白不耐煩地擺了擺手：「別貧了，眼下查案要緊！」

二人前後腳走進大廈，與樓下保全說明了來意，並亮出了自己的證件。保全也早就接到了相關高層的通知，領人到了電梯口。明明已經是早上十點鐘了，但給人的感覺似乎是剛開始上班。唐海城看著周圍的人，低聲問李墨白：「小白，搞電腦的人都這麼閒嗎？早上十點鐘才來上班，看樣子還真是份美差，難怪那麼多人願意做碼農。」

李墨白苦笑了一下，沒給唐海城解釋原因。兩個人站在電梯中，與一眾穿著格子襯衫、手提電腦包、戴著黑框眼鏡的程式設計師形成了鮮明對比。李墨白特別注意到，這些人的眼眶周圍都掛著大大的黑眼圈，跟大熊貓的眼睛有一拼。

與此同時，唐海城打量著程式設計師的頭髮，他開口問道：「小白，他們的髮型怎麼都差不多？」

李墨白聽到這極品問題，不免有些尷尬。他抬起頭來，只見周圍幾個人已經帶著殺人的眼神看向自己。李墨白只好報以微笑，內心早已怒火中燒，用手一把搗住唐海城的那張破嘴。直到電梯抵達了某一層，程式設計師們都陸續走出電梯，李墨白才鬆開了唐海城。

「你搗我嘴做什麼？」唐海城狂呸了幾下，「你洗手了嗎？」

「我之所以為搗著你那張破嘴，主要是不想你被人群毆。程式設計師小哥每天加班寫程式碼，一直進行著高強度的腦力運動，掉點頭髮不是正常現象嗎？」李墨白對著唐海城質問道。

第三案　PUA 公司

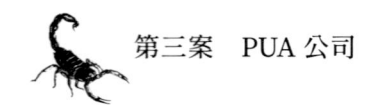

「我純屬好奇而已，明明大夥年紀都看著不大，怎麼就突然髮型統一了呢？我還以為是公司的特殊要求。」唐海城撓著自己的頭髮，說道。

只聽電梯發出叮的一聲，終於抵達了報案公司所在的樓層，二人一起走出電梯。

李墨白又擔心會惹出什麼亂子，趕忙警告唐海城：「待會兒進去，你管好自己的嘴！」

唐海城知道自己這張嘴的威力，自然連連點頭答應，靜靜地跟在李墨白的身後。

大廈這一層的過道中擠滿了人，眾人都在議論紛紛。見唐海城和李墨白來了之後，人群中又強行擠出一個中年男子。與樓下的眾多程式設計師差不多，他也擁有著類似的髮型。但從他圓潤的體型與眾人的表情來看，此人應該是公司老闆。

「警察先生，我是打電話報案的人！」一見身穿警服的李墨白與唐海城，男子便大喊道。

「您怎麼稱呼？公司裡發生了什麼事？您跟我們仔細講講。」李墨白示意唐海城打開執法記錄儀，自己則準備開始做筆錄。

「警察先生，我姓黃，是這家公司的老闆，我被人敲詐了！」男子說話時，那張臉憋得通紅，然後轉身盯著滿走廊的人默不作聲。眾人也察覺到了老闆的不悅，紛紛重新回到辦公室中，繼續工作。

「究竟是怎麼回事？」李墨白見黃老闆有些走神，再次重問了一遍。

黃老闆斟酌了一下，才開口道：「事情其實有點複雜，警察先生。今早我來公司，剛打開電腦，就收到了一封威脅郵件。郵件上說，讓我跪下拍影片向他道歉，以此來贖回我公司的資料，否則，對方就直接把所有東

西格式化！」

　　李墨白聽著，不禁啞然失笑。程式設計師刪庫跑路，多半是公司骨灰級老員工的手段。

　　「警察先生，我知道做這事的人是誰，你們快點把他抓起來，要不然我就損失慘重了！」黃老闆苦不堪言，整個人就像熱鍋上的螞蟻。李墨白只能邊安撫黃老闆的情緒，邊繼續問詳情。

　　李墨白頓了頓開口道：「敲詐勒索您的人是誰？您有對方的連繫方式和住址？」

　　黃老闆推推鼻梁上的眼鏡兒，怒氣沖沖地說：「此人叫雷勇，最早是我們公司的員工，他一直都不接我電話。公司也派人去過其住處，可房東說人早就搬走了。如果他真刪光那些資料和資料，我的公司就徹底完了。」

　　李墨白皺了皺眉，跟黃老闆要了雷勇的個人資訊與連繫方式，黃老闆轉身回辦公室去取。

　　趁著這段時間，唐海城好奇的腦袋又探了過來。他小聲問道：「小白，到底怎麼回事？不就刪點東西而已，我看黃老闆都快瘋了。」唐海城一直疑惑不解，甚至感覺黃老闆小題大做。在他的印象之中，刪除些東西跟電腦清理垃圾差不多，可謂有百利而無一害。

　　唐海城其實只想對了一半兒，刪掉電腦中的資料，確實輕鬆簡單，只不過後果足夠讓一家網路公司倒閉。李墨白見黃老闆還沒出來，耐著性子給唐海城解釋了啥玩意叫刪庫跑路。

　　「海城，對於一家網路公司來說，相關的資料和資料就是生命，有時甚至比軟體本身還重要。這些資料和資料都儲存於資料庫中，由專門的專

第三案　PUA公司

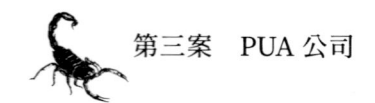

業人員營運維護。如果沒有了這些資料，公司會承受很大的損失，甚至可能一夜回到解放前。刪庫跑路簡單點來說，就是負責資料庫的人要跟老闆同歸於盡。」李墨白解釋完之後，又悄悄補上了一句，「我想，黃老闆肯定是得罪了雷勇吧。」

唐海城聽得一知半解，長嘆一口氣道：「唉，這也太絕了，等於斷人財路呀。」

正說話間，黃老闆拿著雷勇的資料回來了，把文件遞給李墨白，喘著粗氣叮囑道：「警察先生，拜託你們加快偵破速度吧。這小子之前說過，讓我在兩小時內把跪下道歉的影片發給他，不然就自動執行程式碼刪庫。」

李墨白見事態緊急，接話反問道：「黃老闆，您何時收到的郵件？」

黃老闆抹了一把額頭上的汗水道：「從我收到郵件至今，差不多過去四十分鐘了。」

「黃老闆，你趁他刪除之前把東西拷貝一份不就行了？或者把他寫的那個程式碼刪掉不行？」唐海城說完自己的辦法之後，只見黃老闆的臉上寫滿了尷尬，不知該怎麼給唐海城解釋其中的原理。

黃老闆低垂著腦袋，十分沮喪地說道：「警察先生，您這兩招都沒用，那傢伙把資料庫的密碼都改了。原本我們的維護人員不止他一個，如果是兩個人的話，肯定不會有這種情況發生。」

唐海城好奇，又繼續追問道：「那另一個人怎麼不管啊？」

「他……」黃老闆一副欲言又止的表情，到最後也沒說出原因。

李墨白瞧著面前之人的表情，自然明白這其中肯定有大矛盾。他先吩咐唐海城將雷勇的相關訊息傳回所裡請求支援，然後又繼續向黃老闆了解情況。

「黃老闆，雷勇平時為人如何？事發之前，他有啥反常的地方嗎？」

聽李墨白這麼問，黃老闆立刻又換了一副嘴臉道：「雷勇這傢伙就是一個混球，平日裡工作不認真就算了，白瞎我給他開那麼高的薪資了。我當初要不是看他畢業的院校好，還真不願聘用他！」

李墨白低頭看了一眼，心中有些小小驚訝，這雷勇竟然是從頂大的電腦系畢業的。按道理來說，這麼高的學歷，去外面闖蕩，不是更容易找到好工作嗎？怎麼他卻寧願在這小地方摸爬滾打？

李墨白極為隨意地問道：「黃老闆，最近幾年網路市場怎麼樣？」

黃老闆明顯沒心思和李墨白閒談，他不耐煩地敷衍道：「混口飯吃而已，不比前幾年了。」

李墨白繼續追問道：「確實，任何行業都是有起有伏。現在，員工好招嗎？」

黃老闆耐著性子答道：「招人不難，畢業的學生一抓一大把，比人力市場裡的還多。」

黃老闆不清楚李墨白為什麼要問這些東西，他只是拚命反覆看手腕上的那塊名錶。

李墨白瞟了一眼，又覺得特別吃驚。如果公司效益不好，老闆會戴價值幾十萬的錶？

「小白，所裡剛通知我，說已經開始大範圍搜索雷勇了。」唐海城側著臉對李墨白道。

李墨白微微頷首，又追問黃老闆之前與雷勇是否有矛盾，亦或雷勇有啥反常舉動。

第三案　PUA 公司

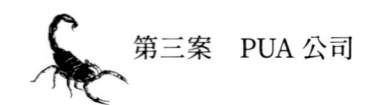

　　黃老闆見李墨白一再追問，實在沒有辦法，才開口道出了整件事的始末。

　　原來，雷勇和黃老闆早就積怨已久了。別看他們一個是下屬，一個是老闆，可二人水火不容，硬是誰也不怕誰。雷勇的學歷比較高，來到黃老闆的公司，確實有些大材小用了。也因此，他一直不滿意自己的薪資，工作中也常常居高自傲。這讓黃老闆十分不爽，他多次向雷勇提起此事，但雷勇一直不以為然，有時還公然頂撞。

　　事發前一個月，雷勇曾和黃老闆有過一次激烈的爭吵，當時全公司的人都在場。爭吵的起因是雷勇上班早退了五分鐘。黃老闆一直對早退之舉頗有不滿，這次的事剛好成了導火線，累積已久的矛盾徹底爆發。

　　爭吵中，黃老闆放下狠話，怒罵雷勇不想做就滾蛋，這個行業最不缺廉價勞動力。

　　同樣，雷勇也用自己的行動反擊。爭吵後的第二天，雷勇就提交了辭職報告。相應，黃老闆立刻同意雷勇辭職，但按公司的規定，辭職需要提前一個月告知老闆。也就是說，從雷勇提交辭職報告當天起，他還要在公司做足一個月才能正式離職。

　　雷勇雖然不願意，但無奈涉及合約的約束，只好繼續待在公司裡。只不過從那天起，雷勇更變本加厲了。他時常遲到早退，辦公時間公然玩遊戲，根本無心工作。黃老闆雖口頭警告過雷勇，但雷勇早已打算破罐子破摔，寧可不要最後一個月的薪資，也不願替黃老闆工作賣命。

　　黃老闆講完之後還是很氣憤，罵罵咧咧道：「俗話說，做人要講良心，在其位謀其職，當一天和尚敲一天鐘。他沒做好自己的本職工作，我就不追究了，沒想到還反過來咬我一口，這還是人做的事嗎？」

李墨白和唐海城對視一眼，顯然這事肯定不簡單，絕不能僅聽黃老闆的一面之詞。

　　「黃老闆，我們想去跟員工們了解一下情況，不知您意下如何？」李墨白試探性地問道。

　　黃老闆臉上略顯出幾分為難，但不出一會兒，還是勉強點頭答應了。不過，黃老闆並沒立刻讓唐李二人進入辦公室內，而是先進去安頓完員工，才折返出來，面帶笑意道：「警察先生，趕緊進去吧，想知道什麼就問我的員工們，鐵定積極配合你們的工作。」

　　李墨白和唐海城往辦公室走。黃老闆看著二人的背影，抬手推推眼鏡，臉上又露出怪笑。

▄ PUA 公司

　　李墨白跟唐海城同時進入辦公室中，映入眼簾的場景簡直糟糕透頂，根本不配被稱為辦公室，活生生就是一個員工宿舍。身邊的辦公桌上堆滿了各種泡麵和吃剩的外賣，跟垃圾場沒啥區別。在這堆垃圾中，還有一位頭髮蓬鬆、衣服滿是褶皺、眼鏡框厚過啤酒瓶底的老兄正埋頭苦幹。李墨白和唐海城的到來並沒引起他的注意，他只是抬頭匆忙瞄了一眼，便繼續低頭幹活。

　　李墨白見狀皺了皺眉頭，又繼續向前走。下一張辦公桌的情況也很糟糕，同樣是滿桌的垃圾，厚如磚頭的專業書籍疊加成了一個小書山。唐海城甚至有種幻覺，如果桌上的書堆掉下來，很有可能會把他當場砸暈。這

第三案　PUA 公司

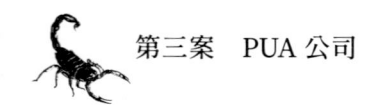

個小書山的後面是一位臉色慘白、身材孱弱的男子正皺眉盯著螢幕上的程式碼，雙手還瘋狂敲擊著鍵盤。看到他的第一眼，唐海城的腦中便閃過「病態」二字。

再繼續往後面走，每張辦公桌都差不多如此。數不清的專業書籍堆積如小山，吃完之後還沒扔掉的外賣餐盒，地上隨意擺放著充氣睡袋，以及一個個面無血色的工作人員。唐海城看了看李墨白，眼中滿是驚愕。

李墨白長嘆一口氣，小聲道：「你現在明白從事網路行業有多累了吧？」

唐海城連吞幾口口水，感慨道：「這樣的工作狀態跟環境，難怪會有那樣的髮型。」

李墨白輕咳了一聲，示意唐海城終止這個話題。他走到一位員工身旁，低下頭問道：「不好意思，請問一下雷勇的辦公桌在何處？」

那名員工用布滿血絲的雙眼看向李墨白道：「雷勇的辦公桌在我後面，我帶你們過去吧。」

李唐二人自然求之不得。員工起身帶著他們向後走，腳下居然還穿著一雙人字拖。

唐海城注意到他的古怪打扮，開口問道：「小哥，你穿成這樣不會被老闆扣錢？」

員工忍不住自嘲道：「睡衣和拖鞋是我們的標配，若連這點自由都沒有，那還怎麼熬下去？」

唐海城聽著不禁連連點頭，睡衣配拖鞋，這不就是夢想中工作時的樣子嗎？不用受半點拘束，無憂無慮真好。不過，這種自由只有唐海城會覺得好，看著身旁員工的打扮，李墨白心中一陣無奈。

「到了，這張就是雷勇的辦公桌。」帶路的員工說完，打了一個大哈

欠,似乎疲憊到了極點。李墨白跟他道謝之後,坐下正打算翻看抽屜,結果被員工打斷了。

「別瞎費心找了,出事之後,我們老闆直接清空了他的抽屜。」員工說完之後,又補充了一句,「不過掏了又能怎麼樣,反正裡頭什麼都沒有。」

「你覺著雷勇這人怎麼樣?」唐海城單刀直入道。

員工先是搖了搖頭,根本沒有說話,可臉上的表情卻相當複雜。

李墨白不明白是啥意思,接話追問:「小哥,難道雷勇這個人很糟糕?」

誰知,那員工居然連連擺手道:「我不清楚,雷勇為人跟工作態度,大概只有老闆知道吧。」

唐海城聽出員工話中有話,正要繼續問,反遭李墨白及時攔下。李墨白使了個眼色給唐海城,唐海城用眼神偷偷往後一瞄,只見黃老闆正臉色陰沉地站在辦公室外,隔著玻璃朝裡面反覆打量。唐海城頓時心領神會,讓帶路的員工回到自己的工位上。果然,當黃老闆見員工離去,整個人像鬆了一口氣那樣,緩慢踱步離開。

「小白,我看這黃老闆心裡有鬼啊!」唐海城望著身旁的李墨白說道。

李墨白皮笑肉不笑地說:「沒事,公司裡這麼多張嘴,我還真不信他都能堵住!」

說話間,二人身後突然出現了另一個人,直接開口道:「你們是想了解雷勇的事?」

李墨白見對方穿著乾淨的白襯衣,看上去很陽光,於是面帶微笑道:「敢問您貴姓?」

白襯衣男子很爽快地回答道:「我姓王,你們叫我小王就行。」

唐海城接話追問道:「你和雷勇平時關係怎麼樣?雷勇有很多壞毛病?」

第三案　PUA 公司

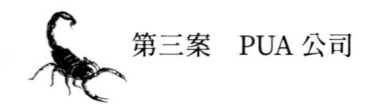

　　小王望著唐海城回答道：「雷勇跟我是好哥們兒，他對人特別好，而且還很講義氣！」

　　李墨白一聽這話，便知是另有內情了。於是，他開口道：「雷勇跟黃老闆之間到底怎麼回事？」

　　小王決定要替自己的哥們兒雷勇出頭，果斷全盤托出道：「這事是姓黃的不道地。雷勇多好的一個人，性格憨厚老實不說，做事還很踏實，只是不小心戳到黃老闆的痛處，就遭到了打擊報復，換我也刪庫跑路！」

　　李墨白抓住了關鍵之處，面帶疑惑之色道：「戳了黃老闆的痛處？」

　　「雷勇剛進公司時，黃老闆許了不少承諾，可最後一樣都沒實現！」小王故意大聲說道。

　　黃老闆尋聲而來，抬手指著小王罵道：「我這最不缺人，不想做就跟雷勇一起滾吧！」

　　小王不急不躁，雙手一抱胸，冷笑著反問道：「你這不缺人？那怎麼一個職位招了大半個月都沒人來應徵？你忘了之前的員工為什麼離職嗎？」

　　李墨白和唐海城側目聆聽，顯然這裡頭還有事，或許會是雷勇刪庫跑路的關鍵。

　　「一個資料出錯，你就扣幾百塊，遲到一次扣半個月薪資，你的名聲在圈裡早臭名遠颺了，誰還敢來你公司呀？」小王也是個牙尖嘴利的人，專挑致命之處說，「人家公司都是 996，你讓我們 007，時不時還藉機剋扣薪資。黃老闆，大夥都是為了養家餬口，做人別太不講良心！」

　　話音剛落，辦公室的員工開始竊竊私語，很快有人從座椅上站起來，公然支持小王。

「沒錯，這年頭工作雖然不好找，但姓黃的也不能太壓榨我們！」說話之人的年紀看起來與唐海城差不多大，可在他的身上毫無活力，只有滿面的倦容和血紅的雙眼，面相比實際年齡老了十多歲。

「你放屁！愛做就做，不做滾蛋，再給老子廢話，這個月薪資就別想拿了！」黃老闆一時火上心頭，竟口不擇言起來。這話一出口，成功惹起眾怒。一個辦公室裡的人站起來了一大半，全都怒氣沖沖地看著黃老闆，場面一時間劍拔弩張。

黃老闆見眼下的局勢不對，心中自然一陣慌亂。如果員工們集體罷工，他的公司就算不被刪庫也要完蛋。情急之下，黃老闆將求助的目光投向身旁的李慕白跟唐海城，趕緊強行扯開話題道：「警察先生，情況你們都弄清楚了，這時間也所剩無幾了。要是還找不到人，我這公司就完蛋了呀！」

看著滿臉焦灼又略帶討好之色的黃老闆，李墨白跟唐海城都覺得真是可憐之人必有可恨之處。李墨白抬頭看看掛在牆上的時鐘，距離雷勇規定的時間只剩不到一個小時了，內心也逐漸焦灼起來。

「小白，實在不行，你先在網路上追蹤一下他？」唐海城小心試探著，方才他又給所裡發回訊息了，所裡回饋是又加派了人手去找尋雷勇，可這麼久過去還是沒啥回饋回來。李墨白聽了唐海城的提議，先是低頭思索一陣，而後才勉強點頭答應。

「黃老闆，借你辦公室裡的電腦一用。」李墨白跟著黃老闆回到他的辦公室，打開黃老闆的電腦，調取出雷勇所發的那封郵件。李墨白透過專業的軟體破譯出 ip 地址，成功鎖定了雷勇的所在地。

「我鎖定的是一個粗略的位置，雷勇應該是用附近的公共網路發送郵

第三案　PUA公司

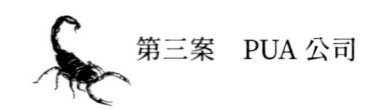

件，所以地址才顯示這一個大商場。」李墨白先將地址發給唐海城，唐海城趕忙將訊息發回所裡。不過，還沒等他發出去，所裡便傳來了新消息。

唐海城接到消息之後，臉上露出欣喜之色道：「小白，雷勇主動投案了！」

眾人聽罷，紛紛鬆了一口氣。李墨白看向黃老闆，只見他也是長舒了一口氣。

「黃老闆，人已經找到了，那你跟我們回所裡一趟吧，順便商量一下解決方案。」

■ 迷途知返

一行人趕回派出所後，白煙煙與古董早已等候多時，唐海城跟李墨白也見到了雷勇本人。

雷勇給人的第一印象與黃老闆形容的完全相反。這個戴著眼鏡的瘦弱男子，沉默寡言不說，模樣亦無比憨厚，一副標準工科男的長相，唐海城一時間根本無法將他和勒索黃老闆的人連繫到一起。

黃老闆一見到雷勇，頓時怒火爆發，便又開始各種人身攻擊，整個派出所直接炸開了鍋。

古董見狀，厲聲喝斥道：「黃先生，請注意你的態度。有什麼事，我們坐下來好好談談！」

黃老闆見古董面露凶相，一臉的不怒自威，心頭難免會犯怵，很自覺地乖乖閉嘴了。

「雷勇，黃老闆報警說你勒索他，還揚言要刪除資料庫，有這事嗎？」古董開口問道。

「我只是嚇嚇他，壓根兒就沒打算刪東西。」雷勇面色平靜地回答道。

「你別騙人了，你就是想搞垮我的公司，快點說出資料庫的密碼！」黃老闆大聲咆哮道。

雷勇見事已至此，主動開口說出一串數字。黃老闆將信將疑，打電話回公司找人測試了一下，發現密碼果然沒錯，對資料庫進行除錯也沒發現啥異常之處，而現在已經超過雷勇所限定的兩小時了。

黃老闆確認密碼無誤後，就不再說話了，而是坐在一旁陷入沉默之中。

「雷勇，你嚇他又有啥意義呢？」古董嘆了一口氣，「你要知道，就算是恐嚇未果，也會受到一定的處罰。」

雷勇抬起頭，望著古董說道：「可我就是恨他，他憑什麼那樣對我，我又沒犯錯。」

黃老闆聽雷勇這麼一說，微微張張嘴，似乎想為自己辯解，可最後還是放棄了。李墨白和唐海城從公司員工口中對雷勇之事有所了解，明白雷勇這麼做也有其原因所在。但李墨白卻暗想，因為幾次爭吵便做到如此地步，會不會太過火了呢？

此時，現場的氣氛陷入了短暫的沉默，身為主管的古董分別看了看雷勇跟黃老闆，認為要從源頭切入才能解決問題。他斟酌了一下語氣，對身旁的人說道：「雷勇，講講你是怎麼加入黃先生公司的吧。」

「好，那我從最開始講起。」於是，雷勇開始當著眾警講述自己的遭遇。

雷勇從名牌大學畢業之後，深知外邊的世界競爭和壓力都很大，所以

第三案　PUA 公司

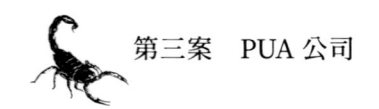

才選擇回海城，想找一份工作安定下來。而那時碰巧黃老闆的公司正好招人，雷勇各方面的條件都很優秀，黃老闆一眼就相中了他。

應徵的時候，黃老闆為了能成功招到人，憑空給雷勇許了不少承諾，比如轉正的時間、轉正後的薪資、公司每年都會給優秀員工分紅之類。等雷勇聽完黃老闆的宏圖大計之後，整個人頓時豁然開朗，很感激對方能為他規劃職業生涯。

可雷勇入職之後，他才逐漸發現黃老闆的所作所為相差很遠，當初的承諾根本沒有實現，不論是薪資待遇，亦或是未來規畫，完全就是黃老闆畫的一張大餅。但雷勇沒有因此去問責黃老闆，而是選擇安心工作。

雷勇的忍讓沒得到回報，因為黃老闆對他有很大的意見。平時的工作之中，黃老闆動不動就批評辱罵雷勇，稱花錢僱他回來就是浪費。不僅如此，黃老闆還對雷勇的學歷和能力產生了懷疑。他多次公然提出疑問，當眾多次說起雷勇花錢購買學位證書，還常拿別的員工來與之對比，好藉機加倍羞辱雷勇。

起初，雷勇以為是他的能力不行，開始尋找問題的所在，並不斷努力嘗試完善自己。

但最終反而換來了黃老闆的變本加厲。剛進公司之際，雷勇的職位上有另一名同事。但自從雷勇入職後，另一名同事就徹底空閒了。不管是雷勇自己的工作，還是同事的工作，黃老闆一併交給雷勇負責。如果雷勇做得不好，黃老闆便出言辱罵，並扣薪資。同樣，公司裡其他員工的工作，黃老闆也常丟給雷勇做。這使雷勇的工作量增加了數倍，自然讓他苦不堪言。

最初，雷勇以為是老闆要鍛鍊他。可時間久了之後才發現，老闆純粹

就是為了節省開支。

　　雷勇一人做了兩個人的工作量，同崗的同事無奈之下提出辭職，就連法律中規定被辭退者應得到的薪資補償都沒拿到。因為此事，黃老闆在業內臭名遠颺。不久之後，黃老闆指責雷勇拿錢不做事。雷勇只是抱怨了幾句工作量太大，便被黃老闆辱罵了半個多小時。當時，全公司的員工都在，他們看著雷勇被罵，沒一個人敢站出來。如果誰敢替雷勇說話，工作肯定不保。

　　雷勇被罵之後，狠心決定要離開公司。他還給黃老闆一個教訓，就想了刪庫跑路這一招。

　　「黃老闆，你對我所做的那些事，我都記在心裡。你別以為自己的做法很高明，這種職場PUA手段早已是眾人皆知的老套路了。我或許沒有你的社會經驗豐富，但我絕對不會比你差，最起碼我做人做事都講良心！」

　　雷勇紅著眼眶講完了自己的遭遇，古董與眾警聽著也是感慨萬千。可如今，雷勇的做法已構成了敲詐勒索。倘若黃老闆要求立案偵查，那雷勇可能要面對牢獄之災。雷勇其實心知肚明他會面臨什麼，並沒開口向黃老闆求情，也沒太過激的舉動。

　　黃老闆站起身來，他看了看紅著眼睛的雷勇道：「既然問題都解決了，那我決定撤案。」

　　眾警聽後都很吃驚，根本沒想到黃老闆最終會做這個決定，紛紛暗想是他良心發現了。

　　黃老闆見神情不太對，又試探性地問古董道：「警察先生，我這個案子不能撤案？」

第三案　PUA 公司

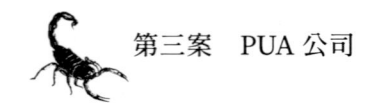

古董抬起頭，望著黃老闆回答道：「可以撤案，一會兒你填個表就行。」

黃老闆先點了點頭，然後啥話都沒說，配合唐海城填完表就獨自走出了派出所。

黃老闆離開之後，古董便語重心長地對雷勇說：「孩子，你記住我說的話，這世上不可能有絕對的公平，你要學會保護自己。當你遭遇不公平待遇時，若沒有很好的解決方式，也不要走極端。現在是一個法制社會，凡事都有法可依。遇見困難就找警察或諮詢律師，法律鐵定會還你一個公道！」

而雷勇經過古董的口頭教育後，很快也被放了出去。古董先前那一番話，不但讓雷勇感觸頗多，辦公室中眾警聽了都若有所思。忙碌之後，唐海城心中滿懷感慨，他打開電腦桌面上的資料還要繼續整理分析。

而一旁，白煙煙有些心不在焉。她剛才收到了胡之銘的簡訊，胡之銘想約她下午下班一起吃飯。這條簡訊卻徹底打亂了白煙煙的心，她說不清是興奮還是膽怯，內心卻已開始期待能早點下班。

一整個下午，白煙煙都不在狀態。她盯著手中的資料，怎麼都看不進去。一會兒覺得自己似乎妝花了，掏出鏡子來補妝，一會兒擔心穿著是不是太醜，胡之銘會不會不喜歡，小鹿亂撞的感覺讓她有些心亂。

唐海城把白煙煙的舉動盡收眼底，猜想後者肯定是有約會。直到下班看到胡之銘時，他不禁為之一愣。這些天來，唐海城對胡之銘的調查開始從腦海中一一閃過。他站在派出所的門口，看著白煙煙上了胡之銘的車，本想開口阻攔，但又不知用啥理由。

「白煙煙不知道胡之銘和毒蠍集團的特殊關係，萬一他想對白煙煙下手的話，白煙煙無異於羊入虎口啊！」一念至此，唐海城突然萌生出一個想法。他苦思一番後，還是拿出手機打了個電話。

第四案
隔門有眼

釋放無限光明的是人心，製造無邊黑暗的也是人心。

—— 雨果

第四案　隔門有眼

一 引子

　　飯後，二人坐在客廳中，開始閒聊了起來，提及這次的騷擾事件，白煙煙也是感慨萬千。

　　白煙煙好心提醒道：「女孩子要學會保護自己，你的個人資訊和家庭住址都別隨意外洩。」

　　郭曉婷面露無奈之色，接話說：「我一直都很小心，但就是一時大意才讓人盯上了。」

　　「其實很多時候，在不經意之間，我們就洩露了個人資訊。」白煙煙站起身，在屋中環視了一圈，目光停留到了郭曉婷的垃圾袋上，然後分析道，「你看那個袋垃圾貌似沒啥特殊之處，但裡面已經裝滿了你的個人資訊。比如，最常見的外賣訂單發票，上面就有你的電話跟名字。」

　　郭曉婷連忙走過去，從垃圾袋中將一份外賣翻了出來，發票上赫然印著她的個人資訊。

　　「原來如此。」郭曉婷平時根本不注意這些小細節，若非白煙煙說，她都想不到外賣發票。

　　白煙煙繼續往後說道：「這應該就是你的垃圾袋會經常被翻的原因了。有些狡猾的壞人還會從你的垃圾中獲取很多關鍵訊息，比如你的用餐喜好，你最近網購了啥東西，你是不是單身獨居之類。」

一 無聲戰場

　　所裡的詭異氣氛讓李墨白很壓抑，他每天上班都有種錯覺，辦公室內放了兩顆定時炸彈。

　　這兩顆炸彈正是唐海城和白煙煙，小顧和李墨白也捲入其中。事情還要從不久前的約會事件說起。事發當天，胡之銘約白煙煙出去吃飯。本該充滿粉紅色氣息的約會，落到唐海城的眼中，反而變了味。

　　在白煙煙坐車離開後，唐海城才決定暗中跟上去看看，主要是為了確保白煙煙的安全。

　　可唐海城轉念一想自己沒車，就又打起了李墨白的主意。他往辦公室裡一看，沒發現李墨白的身影，但他的包還放在自己的辦公桌上，證明人還沒走。過了一陣子，李墨白從外面回來，見唐海城守在門口，一副望眼欲穿的模樣，見到他更是兩眼放光，便心知沒啥好事。

　　「你做什麼去了？我找你有事。」唐海城讓李墨白坐到自己的座位上，一臉討好之色道。

　　李墨白看情況不太對，趕忙制止道：「別跟我整這些玩意兒，有什麼事趕緊說。」

　　唐海城打算走迂迴路線，旁敲側擊著問道：「小白，你能幫我找個人嗎？」

　　聽到這話，李墨白來了興趣，追問道：「找誰？找你失散多年的家人，還是啥親朋好友？」

　　唐海城拍了李墨白一巴掌，沒好氣地說：「都不是，我要能找著家人，還用等到現在？」

第四案　隔門有眼

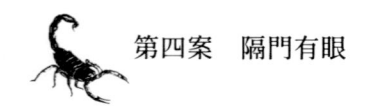

　　李墨白總覺得唐海城要搞啥么蛾子，繼續發問道：「那你想找誰？有身分特徵跟資訊嗎？」

　　唐海城一聽有戲，直接脫口而出道：「我想找白煙煙。」

　　「海城，你逗我玩呢吧？找白煙煙還用靠我嗎？你是沒她連繫方式，還是不知道她家住址？」說完，李墨白這才反應過來，滿臉狐疑地盯著唐海城看了老半天，「你們倆一向水火不容，你找她有什麼事？」

　　唐海城不想瞞著李墨白，如實說道：「白煙煙上了胡之銘的車，我怕她有危險！」

　　「小白，你不是會用軟體定位嗎？」唐海城道出自己的想法。

　　「這方法我不同意，一來不道德，二來我也沒權利。」李墨白說著，就要收拾東西離開。

　　唐海城實在沒轍了，趕緊使出殺手鐧，對李墨白一頓死纏爛打。十多分鐘之後，李墨白最終淪為了幫凶，透過手機號定位，發現白煙煙正身處市中心的一家商場，應該是跟胡之銘吃飯去了。確定這一消息後，唐海城整個人像打了雞血。他不顧李墨白的拒絕，硬生生拉著他火速趕到了現場。

　　沒過多久，二人就從一家料理店的窗戶中發現了白煙煙的身影。

　　飯菜的香味陣陣飄來，唐海城摸了摸肚子，有些不好意思地看了李墨白一眼。

　　唐海城舔了舔下嘴唇問道：「小白，既然來都來了，要不我們也吃點？」

　　李墨白本就一肚子氣，見唐海城這模樣，更氣不打一處來道：「好，我請客，你買單！」

說完，李墨白邁步走進了料理店。唐海城心中又驚又怕，驚的是這家料理店看起來無比上等，消費絕對不低。怕的是白煙煙會發現自己。情急之下，他只好跟到李墨白身後悄悄溜進去。

　　剛坐下還沒點單，唐海城就被選單上的價格嚇壞了。李墨白看著自然心中暗爽，裝作漫不經心拿起選單，還故意低聲唸給唐海城聽。李墨白每開一次口，唐海城便覺得自己的心會停頓一下。

　　「讓我看看該吃啥好呢？這個太油膩，這個太清淡，這份又看起來沒啥格調。」李墨白一邊絮叨，一邊憋著笑觀察唐海城。這小子也算自討苦吃了，除了要注意白煙煙和胡之銘的動向外，還要擔心自己會不會宰他一頓。

　　李墨白想到這裡，氣也消了一大半。他點了一份最便宜的素麵，把選單丟給唐海城，也開始暗中觀察本次行動的目標人物。胡之銘今天穿得很正式，西裝革履不說，還配了一副金絲框眼鏡，整個一斯文敗類的模樣。再看白煙煙的表情早就淪陷了，桌上的菜都比不上面前這個男人對她有吸引力。白煙煙在燈光下，一副溫柔小女生的模樣，還真挺耐看。李墨白怔了怔，回頭看唐海城還拿著選單亂望，開口道：「依我看人家就是單純吃個飯，你趕緊點東西吧，我們吃完之後各回各家。」

　　唐海城把整張臉都埋在選單後，只露出一雙眼睛，惡狠狠道地：「我也要一碗素麵，雖然那個姓胡的現在沒啥怪舉動，等吃完飯，他鐵定會露出狐狸尾巴！」

　　李墨白頓時一個頭兩個大，他也不想勸唐海城了，知道對方是不撞南牆不回頭。看著不遠處的白煙煙和胡之銘點了一桌子菜，正邊吃邊聊，時不時還發出一些笑聲。而唐海城和李墨白點了兩碗素麵，硬是吃得特別慢。

第四案　隔門有眼

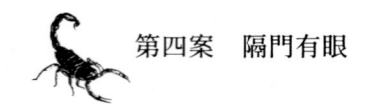

　　等了五十多分鐘，胡之銘招來服務生結帳之後，才跟白煙煙一起動身，看樣子是要進行下一項活動。唐海城見狀，也招來一個服務生，先把兩碗麵的錢付了，又推了一把身旁有點犯睏的李墨白，示意繼續跟上。李墨白雖然無奈，可唯有硬著頭皮開車跟隨，一路跟到了白煙煙家附近。

　　唐海城親眼目睹白煙煙推門下車後，還隔著車窗與胡之銘揮手說再見，心頭暗鬆了一口氣，總算沒出啥大亂子。可一旁的李墨白看著卻相當火大，浪費這麼多寶貴的時間，只為了監視白煙煙和別人約會。這麼變態的事，他當時怎麼就鬼迷心竅，上了唐海城的賊船呢？

　　李墨白覺得自己的腦子肯定被門夾了，他低下頭嘆了口氣，默默地準備駕車離去。

　　此時，原本靜坐在副駕駛位上的唐海城突然結結巴巴地說：「小，小白，他過來了。」

　　「你說誰過來了？」李墨白不解其意，結果抬頭一看，背上直接狂冒冷汗，因為胡之銘駕車來到了他的車旁，還特意搖下副駕駛的窗戶，露出極度詭異的笑容。李墨白自然詫異不已，他明明沒開車窗，可胡之銘是如何發現的呢？

　　幾秒鐘之後，胡之銘開車離去，而不遠處的白煙煙看了個明明白白，心情自然極其憤怒。

　　「完了，這下看你怎麼解釋。」李墨白轉頭看向唐海城。結果，唐海城整個人面如死灰。

　　不出頃刻，一陣的單手敲擊車窗的急促聲音傳出。唐李二人聽著，同時打了個哆嗦。

　　「小白，你說該怎麼辦？」唐海城六神無主，轉頭去問李墨白。結

果，這傢伙已經默默按下了副駕駛車窗的升降按鈕。唐海城只感覺渾身的汗毛聳立，耳邊傳來白煙煙的聲音道：「您二位，今天晚上可看了一場好戲啊！」

■ 恐怖尾隨

自從那晚李墨白跟唐海城被抓了現行後，白煙煙就一直沒跟他們倆說過話。唐海城也不知是心懷愧疚還是怎麼回事，保持沉默好幾天了。但以李墨白對他的了解，這小子心裡鐵定不服氣，而且還很委屈。

當時，面對白煙煙的質問，唐海城耐心解釋之後，卻換來了白煙煙的嗤之以鼻跟冷嘲熱諷。

「行了，別給自己找理由了，身為警察，敢做不敢當？」白煙煙站在車門外，用眼睛盯著唐海城，氣沖沖地質問了起來，「唐海城，我沒想到你是這種人。平日裡吵鬧我可以不計較，但你居然還敢跟蹤尾隨我。我跟胡之銘的事，你沒資格也沒理由插手！」

唐海城一時間被說了個啞口無言。其實，他是啞巴吃黃連，有苦說不出。但就算現在全都說出來，白煙煙肯定不信。畢竟，眼下沒有啥實質性證據能釘死胡之銘，反而還會被白煙煙認為是唐海城在給胡之銘造謠。

白煙煙見唐海城不說話，又繼續道：「唐海城，你對我有意見就提，但跟蹤尾隨實在很卑鄙，我最看不起你這種人！」

丟下這話後，白煙煙很氣憤地轉身往自己的家走，決絕到連頭都不肯回一下。

第四案　隔門有眼

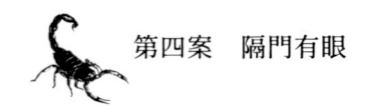

　　唐海城同樣覺得自己很委屈，他的臉憋得發紫，嘴唇微微顫抖，可依然一言不發。

　　李墨白無奈地搖搖頭，先開車將唐海城送回家。今晚這事一出，以後的日子該多尷尬啊！

　　李墨白送完唐海城後，一路上也邊開車邊思索。明明唐海城是出於一片好意，為什麼那麼難讓人理解呢？而從白煙煙的話中，李墨白也能聽出，其實她並不像表面上那般討厭唐海城，但今夜之事造成的誤會又該如何破除呢？

　　自打尾隨事件爆發後，白煙煙和唐海城均埋頭工作，沒有任何交流。時間一長，就連坐在裡屋辦公室的古董也發覺了異樣之處。古董找李墨白了解完情況，一時間思緒萬千。對於唐海城的發現，古董覺得有一定價值可言，可惜唐海城的處事方式略有不妥。思量之後，他決定親自調查胡之銘的社會關係網，同時也在想該如何消除唐白二人的誤會。

　　李墨白從古董辦公室出來之後，所裡突然來了一位女報案人，她的慌張面孔與驚恐神情牽動著眾警的心情。李墨白剛想上前問情況，可還沒能等他開口，女報案人便開始抽泣起來。報案人看起來年紀不大，大約20出頭的模樣，身材修長且消瘦，還留著一頭齊腰的長髮，皮膚白到彷彿能發光一樣。她究竟遭遇了什麼事，居然如此大驚失色？

　　白煙煙是所裡的年輕女警，自然更方便和小姑娘交流。她拉起小姑娘的手，沒有心急問事情的來龍去脈，而是先安撫對方坐到椅子上，還遞給了她一杯水和幾張紙巾。待小姑娘情緒穩定，她才面帶笑意道：「別怕，來到這裡就代表著你安全了。有啥難題就告訴我，我會想辦法幫你解決。」

小姑娘明顯被嚇得不輕，端著透明塑膠水杯的手還在不停地顫抖，甚至連牙齒都有點打顫。白煙煙心中一陣憐惜，將小姑娘拉過來，一邊擁抱一邊安撫道：「發生什麼事了？是有什麼人欺負你嗎？」

　　小姑娘像受了驚的小鹿，低聲說道：「警察姐姐，有人在我家附近等我，我不敢回家。」

　　眾警聽到這裡，皆是為之一愣。唐海城趕忙開口安慰道：「你別怕，我上學時候也經常遇到這種事，也是找警察出面就解決了問題。」

　　誰知，小姑娘聽罷卻連連搖頭，眼神中的驚恐更深了一分。李墨白透過小姑娘的表情，暗自猜測應該不是遇到校園暴力或社會上不良人士的圍堵，看來事情並非唐海城想的那般簡單。

　　「那你能講一下具體情況嗎？」李墨白說著，搬來一把椅子，坐在小姑娘的面前問道。

　　小姑娘先喝完白煙煙之前給的水，然後進行多次深呼吸，才跟李墨白講起最近的遭遇。

　　小姑娘名為郭曉婷，她是衛校的一名護士，今年順利學成畢業，不久前還找到了一份工作，工作地點位於舊城區的第一人民醫院。為上下班方便，郭曉婷在舊城區租了一室一廳的房子。護士這個職業其實特別辛苦，平時經常兩班倒。碰到白班還好，若碰上夜班的話，對她而言簡直就是一場災難。

　　前不久，郭曉婷突然發現她租住的地方有古怪之處，起初出現異常的是垃圾袋。她所在的小區有專人上門收垃圾，平時只需將垃圾打包好放到門口，讓保潔人員處理即可。但前一陣子，物業人員親自找上了郭曉婷。

　　郭曉婷對物業人員的來訪很詫異，二者透過交談後得知，物業人員稱

第四案　隔門有眼

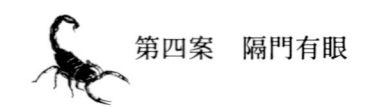

據保潔人員的日常回饋，郭曉婷家門口的垃圾袋經常破損，垃圾扔得到處都是，給保潔人員的工作造成了巨大困擾。物業人員希望郭曉婷能多多注意，大家都互相理解，減少保潔人員的工作量。

但據郭曉婷回憶，她從沒這樣做過，每次家中有垃圾都會提前收拾好，包裹嚴實才放到門口。郭曉婷跟物業人員說，懷疑樓道中有貓狗之類的動物，動物們翻動垃圾所致。物業人員聽後，也覺得有這種可能。

自那天以後，這種情況偶爾還會出現，但郭曉婷見怪不怪了，直到另一件怪事發生。

兩個禮拜前的某個夜晚，郭曉婷獨自在家中，結束了一天工作的她疲憊不堪，正打算盥洗就寢。這時，門鈴突然響了。這麼晚的時間會是誰上門來訪？郭曉婷滿懷疑惑，但還是很小心謹慎，一步步走到了門口。她透過貓眼往門外看去，發現外面站著一名外賣小哥。

但那天晚上，郭曉婷根本沒叫外賣。隔著門，她與外賣小哥交流一番，卻得知外賣上寫的地址與訂單資訊為郭曉婷本人。郭曉婷雖然疑惑，但無奈外賣訊息正確，只能開門簽收了外賣。她記得很清楚，那是一份麻辣燙。

收到這份外賣後，郭曉婷問了自己的朋友與同事們，但所有人都表示沒給她叫外賣。

郭曉婷看著桌上的麻辣燙都頭皮發麻，直接把東西全倒了，她覺得好像有人在監視自己。

外賣事件過去後不久，郭曉婷的噩夢正式開始了，她經常在午夜收到陌生人發的騷擾訊息。訊息的內容很簡短，不過就是問她在什麼地方做什麼事。郭曉婷起初以為是有人發錯了訊息，久而久之才確定並不是。傳訊

息者很熟悉她的日常，包括她從事的職業跟作息習慣，甚至愛吃的東西都知道。

郭曉婷也嘗試著給傳訊息的人回電和回簡訊，結果經常是答非所問，或者拒接關機。

這讓郭曉婷很害怕，她想去通訊公司查發信人的訊息，結果被告知她沒有許可權查。

從那時候起，郭曉婷的內心更加肯定，有一個人在暗處窺探她的生活。

兩天前的晚上，郭曉婷剛下夜班，走在從醫院回家的路上。醫院的夜班時間是從頭一天下午的六點到第二天早上六點，一整夜未休息的郭曉婷疲憊不堪，只想回家好好睡一覺。到了自家門口，郭曉婷在防盜門上發現了一個毛骨悚然的東西，那是一團人臉形狀的油漬，臉上眼睛的位置，正對著防盜門上的貓眼。

不難想像，有人在郭曉婷家門口停留過，那個人想探查郭曉婷家中的情況，於是悄悄地將臉貼到了門上，將眼睛對準了貓眼，慢慢地看了進去。雖然根本不可能看清任何東西，但偏偏有人這麼做了。郭曉婷不敢細想這種情況發生過多少次，或許之前就出現過，只是那人離去時將痕跡擦去了，她才沒發現而已。

當時，郭曉婷被嚇到睡意全無，她已經不敢回家，甚至連碰一碰門的膽量都沒有。再三思量之後，她決定還是回醫院最安全。回到工作的地點，郭曉婷將自己的遭遇講給了幾個要好的同事聽。同事們聽後紛紛出謀劃策，而郭曉婷因過於懼怕，無奈之下到一位女同事的家中借宿。

幾天過後，沒什麼怪異之事發生，郭曉婷淡忘了之前的不愉快。她壯著膽子回到家中，還邀請同事陪自己住了幾天，待一切都沒異樣，才再次放下

第四案　隔門有眼

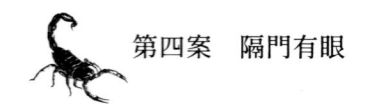

心來。但好景不長，某天的一個深夜，郭曉婷被一陣急促的敲門聲驚醒。

午夜敲門，這種情況別說一名弱女子了，就算是肌肉壯漢，恐怕都會心慌一陣子。郭曉婷被驚醒之後沒出聲，而是悄悄來到門口，從貓眼向外看去。樓道中的聲控燈雖然亮著，但沒見到人影，讓她的心無比壓抑。這種情況在恐怖片中經常出現，郭曉婷自然害怕不已，幸好之後敲門聲再沒響起過。可郭曉婷亦因此毫無睡意，開燈在臥室中披著被子過了一整夜。

而今天的經歷，把郭曉婷給嚇壞了。下班回到家的她，拎著從超市購買的大批食物，原本是打算做些好吃的東西犒勞一下自己，結果門上卻貼了一張紙條，上面赫然寫著──曉婷，今晚是要做一桌大餐等我嗎？

買菜是郭曉婷下班之後臨時起意的事，從超市出來就半小時而已。平時，郭曉婷都是叫外賣解決，貼紙條的人怎麼知道她今晚要做飯呢？很明顯，郭曉婷從超市出來回家的路上，有人在暗中尾隨！

郭曉婷驚恐地四下看看，發現樓道中空無一人。她用顫抖著的左手，從褲子口袋中掏出鑰匙，對準了好幾次，硬是沒能把鑰匙插進門鎖。這時，郭曉婷無意間抬起頭來，一團似曾相識的油汙再次映入眼簾，明顯又有人在偷窺她！

郭曉婷的內心直接崩潰，她顧不上手中的東西，尖叫著從樓道中一路逃離，出了小區便朝著派出所的方向一路狂奔。直到此時，郭曉婷跟李墨白說完自己的遭遇，又忍不住開始小聲抽泣。在場的幾位警察都能感覺到她內心深處的恐懼，不要說是親身經歷的當事人，就光聽這些描述，李墨白和唐海城都有些背脊發涼。

「郭女士，我們鐵定會把這傢伙抓到！」唐海城義憤填膺，拍著胸脯承諾道。

「你現在感覺怎麼樣？要不我們陪你回去一趟？」李墨白剛說完，郭曉婷就瘋狂地搖頭。

　　「別怕，我們會保護你的，最好這次能把他給逮了！」唐海城站起身，理了理警服道。

▃ 隔門有眼

　　由於事發突然，加之情況特殊，這一次，所裡的警員派出了三名警員。李唐二人走在前面，整個一護花使者的模樣，白煙煙則輕輕攙扶著郭曉婷的手臂，而郭曉婷仍然是面色慘白的模樣，明顯還沒從恐懼中緩過神來。

　　不一會兒，眾警就到了郭曉婷租住房屋所在的小區。這個小區已經有些年頭了，樓房上的牆皮斑駁不已。小區門口沒啥門衛看守，等於各類人員可以隨意進出。李墨白與唐海城對視一眼，同時皺起了眉頭。

　　「這物業公司太不負責了，毫無防範意識，要真出了問題怎麼辦！？」唐海城很氣憤地說。

　　李墨白先嘆了口氣，然後搖頭說道：「海城，這種老舊小區的物業早就被開發商外包出去了。我猜，這一片的老小區物業多半都打包給了同一家公司。物業管著這麼多個小區，能負責好才怪。」

　　唐海城隨意撇撇嘴，沒有多說話，轉頭示意郭曉婷繼續帶路。這個小區說起來也算特別奇葩，幾幢樓之間的通道居然是一條密不透風的連廊。眼下明明青天白日，可其中的光亮極度微弱。正因這條連廊的特殊存在，

第四案　隔門有眼

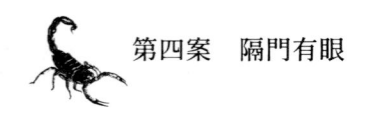

才給壞人提供了絕佳的犯罪場地。

經過七拐八拐之後，一行人終於來到了郭曉婷所居住的四樓，同樓道中還有兩戶人家。

此時的樓道之中，還灑落著先前郭曉婷買的食物跟購物袋。白煙煙細心地蹲身子，把東西依次裝進袋中遞給郭曉婷。郭曉婷接過袋子，說了一聲謝謝。白煙煙則是微微頷首，嘴角淡淡一笑。

李墨白仔細觀察著防盜門上的微痕跡，腦海中漸漸浮現出了一個可怕的場景：原本一片漆黑的樓道中，一個長相特別猥瑣、身材臃腫的胖子正悄悄地趴在郭曉婷的房門前，用眼睛使勁朝貓眼裡頭望。雖然注定看不見啥東西，但胖子彷彿偷窺上癮那般，腦子裡開始瘋狂意淫。

也不知這胖子是因為緊張亦或天氣太熱，臉上漸漸滲出了大量的汗水，其中還夾雜著他臉上溢位來的油漬。胖子一邊小心翼翼地偷窺，一邊側耳聆聽屋中的動靜，而其右手更是探進褲袋中瘋狂蠕動了起來。

念及此處，李墨白從思緒中抽離而出，開口問道：「你的鄰居有說過啥怪事？」

郭曉婷搖了搖頭說：「沒有，鄰居經常出差，平日裡很少見面。」

唐海城心中不禁有些佩服郭曉婷，獨自一人就敢外出租房生活，可謂勇氣十足。

「你們先進屋吧，進來再仔細說。」郭曉婷下意識地四周張望，似乎很害怕的模樣。

白煙煙見狀，便知郭曉婷還很畏懼那個偷窺者。於是，大夥一起應邀進了屋裡。

進屋之後就能看出來，郭曉婷是個勤快的姑娘。屋子雖說不大，但也

收拾得很乾淨，井然有序。李墨白最後一個進屋，還順手帶上了門。郭曉婷緊張的精神才放鬆不少，整個人直接坐到了沙發上。

「你們這樓道裡有監控嗎？」唐海城看著沙發上的郭曉婷問道。

郭曉婷頗為無奈地搖搖頭，抱著沙發上的抱枕，長嘆一口氣道：「唉，第一次發生這種情況時，我就去問過物業那邊的負責人。負責人說樓道裡沒裝鏡頭，還覺得我有被迫害妄想症。」

「如此不負責，真是太過分了！」唐海城陰沉著小臉，怒火達到了最頂峰，「樓道裡不裝鏡頭，一旦發生啥危急事件，連能調取的證據都沒有，更別說能保障住戶的人身安全了，要這樣的物業有何用？」

「物業說之前有裝過，但被住戶投訴了。」郭曉婷怯生生地回答，「因為有的住戶認為鏡頭會暴露隱私。」

白煙煙聽後，皺眉追問道：「因為有人投訴，所以安裝鏡頭一事就作罷了？」

郭曉婷癟了癟嘴，回答道：「沒錯，物業其實也左右為難，最主要還是怕惹麻煩。」

一旁的李墨白決定另闢蹊徑，突然開口問道：「你之前收到的騷擾簡訊還沒刪吧？」

「沒刪，我調出來給你看。」郭曉婷從褲袋中摸出手機，解鎖後調出簡訊遞給了李墨白。

李墨白接過手機瀏覽著那些騷擾簡訊，他看了一會兒之後，掏出自己的手機撥通了給郭曉婷傳訊息的那個號碼，結果只聽見了一陣忙音，根本沒有回應。李墨白結束通話電話之後，當即把號碼發給了古董，並請求所裡出面找通訊公司調查該號的持卡人資訊。

第四案　隔門有眼

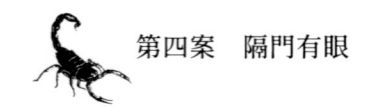

　　目前，案情沒太大進展。大夥一時間唯有面面相覷，一旁的郭曉婷心亂如麻。窗外的天色開始變暗不少，街邊的路燈也亮了起來。唐海城和李墨白商量了一下，打算明天再繼續跟進案子，與郭曉婷商議完準備離開。

　　「警察先生，萬一他今晚還來怎麼辦？」郭曉婷說著就紅了眼眶，心中的恐懼又深了不少。

　　白煙煙仔細想了想，坐到郭曉婷身旁說：「如果你還是害怕，今晚我就留下來陪你吧。」

　　郭曉婷聽到這話深受感動，出言感謝道：「謝謝你，白警官，你真是個負責的好警察。」

　　白煙煙的打算是反正她回家也沒什麼事，不妨在此守株待兔，運氣好的話還能把人抓了。

　　「你們兩個女孩子能行嗎？」李墨白豈會不知白煙煙的打算，他仔細想了想提議道，「煙煙，你看這樣行不行？我今晚留在所裡值班，如果你們倆遇到什麼危險或怪事，就第一時間給我打電話，我馬上帶人趕過來支援。」

　　白煙煙輕輕地點點頭，向李墨白報以微笑道：「小白，那今晚就辛苦你了。」

　　此時，唐海城也搖了搖頭說：「既然如此，那我也不回家了，反正有什麼情況就找我們。」

　　唐海城話音落地，但白煙煙沒搭腔。李唐二人見狀，便主動起身離開，開始往所裡趕。

　　「海城，你總是好心辦壞事。」回派出所的路上，李墨白忍不住繼續吐槽，「咱遠的先不說，就不久之前那件事，你明明也擔心煙煙一個人有危

險，但事從你手中辦出來，怎麼就完全變味了呢？」

「唉，小白，我這是好人難當啊！」唐海城感嘆了一句，跟著李墨白繼續往派出所走。

另外一邊，心情剛平復的郭曉婷才想起來，猜想白煙煙忙到連飯都沒吃，趕忙說道：「白警官，說起來實在是很抱歉，因為我的事讓你們忙成這樣。稍等一會兒，我去做點好吃的東西給你。」

白煙煙本想婉拒，可她的肚子確實空空如也了，唯有笑著應下，並起身進廚房幫忙。

郭曉婷雖然年紀不大，做起飯來卻是一把好手。片刻之後，二人便端著菜從廚房裡走出來。

「白警官，要不請你的同事一起過來吃點？」郭曉婷想起了離開不久的李墨白跟唐海城。

白煙煙非常豪爽，直接擺擺手：「不用管他們，我們吃我們的就行。」

飯後，二人坐在客廳中，開始閒聊了起來。提及這次的騷擾事件，白煙煙也是感慨萬千。

白煙煙好心提醒道：「女孩子要學會保護自己，你的個人資訊和家庭住址都別隨意外洩。」

郭曉婷面露無奈之色，接話說：「我一直都很小心，但就是一時大意才讓人盯上了。」

「其實，很多時候，在不經意之間，我們就洩露了個人資訊。」白煙煙站起身，在屋中環視了一圈，目光停留到了郭曉婷的垃圾袋上，然後分析道，「你看那個袋垃圾貌似沒啥特殊之處，但裡面已經裝滿了你的個人資訊。比如，最常見的外賣訂單發票，上面就有你的電話跟名字。」

第四案　隔門有眼

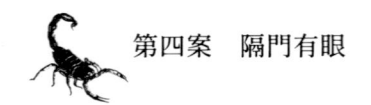

　　郭曉婷連忙走過去從垃圾袋中將一份外賣翻了出來，發票上赫然印著她的個人資訊。

　　「原來如此。」郭曉婷平時根本不注意這些小細節，若非白煙煙說，她都想不到外賣發票。

　　白煙煙繼續往後說道：「這應該就是你的垃圾袋會經常被翻的原因了。有些狡猾的壞人還會從你的垃圾中獲取很多關鍵資訊，比如你的用餐喜好，你最近網購了啥東西，你是不是單身獨居之類。」

　　郭曉婷聽著不住地點頭，用很崇拜的眼神看著白煙煙道：「白警官，你分析得太對了！」

　　白煙煙大膽推測道：「我懷疑跟蹤你的人是從垃圾中推斷出了你的生活習慣。你平日裡扔垃圾的時間，有可能就是你上下班的時間。從你點外賣的次數和數量，也能判斷出你是獨居女性，跟蹤者之所以如此猖狂，就是知道你獨居。」

　　「我以為這是一個惡作劇，很快就會沒事了。」郭曉婷十分懊悔地說道。

　　白煙煙再次出言提醒道：「你記住，以後遇見麻煩事就報警，現在是一個法治社會！」

　　郭曉婷拍了拍胸口說：「等這次的事一結束，我就會找個同事合租，好歹還有個照應。」

　　「我支持你這個決定，女孩子獨居太危險，找人合租也不失為一個好辦法。」白煙煙繼續對郭曉婷說，「以後你訂外賣時，把自己的名字改得男性化一點，等外賣小哥配送到達之後，你也能要求對方把外賣放門口，確定小哥離開後再取。」

　　白煙煙又開始給郭曉婷出謀劃策道：「一個人住時，家裡最好也放一

104

些男性的衣服，隔三差五掛在陽臺上晾晒，鞋櫃附近放一雙男士的鞋。這樣，你開門時有陌生人經過，看到後也會覺得屋裡還有男性居住。如此一來，也能打消壞人犯罪的心思。」

郭曉婷將白煙煙說的牢牢記住，二人一看時間也不早了，明天還要上班便決定早點休息。

但就在此時，門外傳來一陣古怪的聲音。白煙煙不明白這怪聲是怎麼回事，她看向郭曉婷時，發現她早已花容失色。剛才還很開心的郭曉婷，驚恐地用手指了指門口，壓低聲音對白煙煙說：「有人在門外偷看。」

白煙煙心中一驚，門外傳來的聲音時大時小，凝神仔細一聽，甚至還能聽到衣服蹭門框的聲音。突然還傳出了兩聲細微的咳嗽聲，讓白煙煙更確定門外有人偷窺。她先給李墨白發了簡訊，然後才悄悄走進廚房，從裡面拿出兩把掃把。她將其中一把遞給郭曉婷，又把屋裡的燈關掉，慢慢地走到了門口。

白煙煙深吸一口，鼓起勇氣從貓眼向外看去，突然間有東西閃了閃，幾根黑色的絨毛在貓眼上一掃而過。白煙煙察覺情況不太對勁，她定了定神再次朝貓眼看去，這一看直接頭皮發麻，因為之前閃過的東西是眼睫毛，方才她正跟偷窺者隔著貓眼對望！

▃ 疑犯落網

與此同時，派出所內李墨白與唐海城吃過泡麵後，二人正各自趴在自己的辦公桌上休息。

第四案　隔門有眼

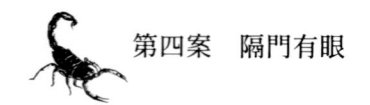

　　突然之間，李墨白的手機響了一下。他解鎖後點開簡訊唸道：「跟蹤者出現，速來支援！」

　　李墨白的睡意頓時一掃而光，他一個激靈從座位上站起，拉著唐海城就要展開行動。唐海城不明所以，被李默白嚇了一大跳，之後才知道白煙煙發了求助簡訊。二人跟小顧打了個招呼，李墨白當即發動停在停車場裡的那臺警車，載著唐海城朝郭曉婷的家狂飆。

　　另外一邊，郭曉婷的出租屋內，白煙煙透過貓眼將門外之人的模樣認清了，四十歲左右，一百七十幾公分的個頭，身材稍微有些矮胖。這傢伙一直趴在門上透過貓眼朝裡望，白煙煙眼睛堵在門上，生怕門外的人察覺到屋內的動靜。時間已經不知不覺過去三分鐘了，李墨白還沒趕到。

　　一旁的郭曉婷早就已經嚇傻了，她顫抖著身子不敢發出一絲聲響。白煙煙心頭同樣有些小緊張。這是她頭首次距離罪犯如此之近，也僅僅憑這一個瞬間，讓其深刻體驗了啥叫度秒如年。

　　唐海城和李墨白趕到時，從車上下來後便決定悄悄上樓展開突襲，爭取一舉將偷窺者當場抓獲。二人輕手輕腳地進入樓道中，還沒來到相對的樓層就聽到了一些動靜。很明顯，樓上的過道中有人！

　　二人來不及多做思考，趕緊向樓上狂衝，一人負責堵住三樓的樓梯口，另一人火速衝上前去，憑藉一招小擒拿手，將偷窺者制伏在地，並成功打上了手銬。白煙煙透過貓眼，將整個抓捕過程盡收眼底。確定偷窺者無法反抗後，她才鬆了一口氣，將房門打開。

　　落網的矮胖男子還想反抗，白煙煙上前踢了他的小腿一下，厲聲喝道：「老實點！」

　　話音剛落，白煙煙與制伏偷窺者的唐海城四目相對，二人都有點尷

尬，齊齊撇過頭去。

李墨白聞聲之後，也從三樓趕上來，見唐海城額角微紅，開口問道：「海城，你怎麼了？」

「沒事，我被這傢伙撞了一下額頭，咱先把人帶回去突審。」唐海城揉著額頭，回答道。

眾警押著犯人上了警車，一路鳴笛開道趕回所裡。經唐海城與李墨白二人聯合突審，白煙煙負責全程記錄。原來，此人名叫劉猛傑，他在附近開了一家小飯店，而郭曉婷老點這家店的外賣。

大約三個月前，郭曉婷搬家到現在的這個小區。因為通宵值班後實在太累，也不太想做飯吃，她就變得特別喜歡訂外賣，而下單最多的就是劉猛傑所開的小飯店。通常劉猛傑店內的外賣都由專業的外賣小哥配送，可有一次外賣小哥遲遲沒到，他無奈之下只好親自跑一趟。很不巧，那一次就是送到郭曉婷家。

劉猛傑給郭曉婷送外賣時，無意間發現她是獨居狀態，而她美麗的外表也給他留下了深刻的印象。從此以後，每當劉猛傑收到郭曉婷的外賣訂單時，腦海中便會自動浮現出郭曉婷的模樣，陷入某種病態的情緒之中，久久無法自拔。

時日一長，劉猛傑有了一個瘋狂的想法，他打算全面了解郭曉婷的日常。對方的生活會是啥樣？她平時愛吃什麼東西？有沒有男朋友呢？終於有一天，劉猛傑大著膽子獨自來到郭曉婷家門口，不確定郭曉婷是否在家，他的情緒非常緊張，自然也注意到了郭曉婷家門口的垃圾袋。在強烈的獵奇心作祟之下，他居然開始翻郭曉婷的垃圾袋，從垃圾袋中意外得知了郭曉婷的相關資訊。

第四案　隔門有眼

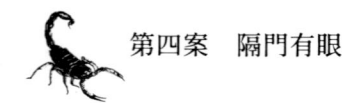

　　劉猛傑還從垃圾袋中分析出郭曉婷的身體情況，比如她服用過維生素B和腸炎寧片。

　　逐漸，窺探郭曉婷的生活已無法滿足劉猛傑內心的變態需求了，他開始想與這個人產生連繫，想和她聊天。劉猛傑用一張從附近小販手中買來的電話卡，給郭曉婷發各種無聊的問候，有時還會特意打通她的電話，聽電話對面疑惑且驚慌的聲音。

　　直到某一次，郭曉婷徹底爆發了，把劉猛傑破口大罵了一頓。這讓劉猛傑很傷心，他開始關注郭曉婷的日常動向，於是更變本加厲了。他趴到郭曉婷的門上偷窺，在郭曉婷上班的必經之路悄悄尾隨。

　　這一切，在劉猛傑看來並無不妥。李墨白聽完後，厲聲質問道：「你這是性騷擾，知道嗎？」

　　劉猛傑出言反駁道：「警察先生，我不覺得自己騷擾她，我只想和她認識一下而已。」

　　「劉猛傑，未經當事人許可就是性騷擾！」李墨白說著，用手猛然拍了一下桌子。

　　劉猛傑直接打了個哆嗦，不敢再次出言反駁，等待他的將是相應的罰款跟拘留處罰。

　　而受害者郭曉婷在白煙煙的幫助下，成功退掉了現在的房子，與她的同事在醫院不遠處租了另一套房。經過這次驚心動魄的教訓之後，郭曉婷的安全意識高了許多。白煙煙認為，隨著時間的推移，郭曉婷應該很快能忘掉這次不愉快的經歷。自從白煙煙親歷過尾隨事件之後，也開始思考起另一件跟胡之銘有關的事來。

　　同一時間，位於海城市最繁華的商業中心地段有一家五星級酒店，酒

店最貴的那間總統套房內，有一位年邁的老人正坐在沙發上不停地咳嗽著，身旁站著不少黑衣人，黑衣人們身形矯健，全都是經過訓練的保鏢。老人咳嗽了幾聲，從懷中掏出手絹擦了擦嘴。

「老爺，少爺回來了。」其中一位黑衣人小聲對老人說道。

「你去帶他進來見我。」老人對先前那名黑衣人命令道。

「好。」黑衣人剛答應，還沒動身門就被人給推開了。

一名帥氣的年輕人從門外走進來，身上同樣穿著訂做的西裝，這讓他看起來老練不少。

「之銘回來了，這段日子你過得怎麼樣？」老人看著面前的少年，笑瞇瞇地問道。

「託義父的福，之銘一切都好。」胡之銘先向老人請安，然後才回答了之前的問題。

「那就好。」老人從沙發上緩緩起身，一旁的保鏢趕忙上前攙扶。胡之銘也快步走上前去，直接扶住了老人的手臂。老人說，想去窗邊看看夜景。胡之銘則扶著他，一步步向窗口走去。這間總統套房位於酒店的24樓，從這層的窗戶往下看，能將整個城市盡收眼底。老人很享受這種感覺。

「之銘，我安排給你的那些事辦好了？」老人的目光看向遠方，十分隨意地問道。

胡之銘先為之一怔，才很恭敬地說：「義父，那些事進展都很順利，很快就能完成了。」

老人滿意地點了點頭，伸手拍拍胡之銘的肩膀：「那就好，之銘能替我分憂了。」

第四案　隔門有眼

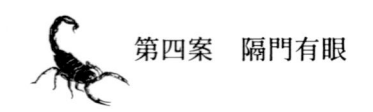

　　胡之銘聽到這話，猶豫片刻才開口道：「他們之中似乎有人已對我起了疑心。」

　　老人輕輕地「哦」了一聲，轉過頭看著胡之銘，眼神中雖沒有半分責備之意，反而讓胡之銘陷入了慌亂之中。他低垂著腦袋，向老人認錯道：「對不起，義父，都怪我辦事不利，我會盡快解決此人！」

　　「沒關係，這些人本來就不好對付，況且他原來也犯過同樣的錯誤。那時，古董身邊恰好還帶著一個小徒弟。」老人說到此處，長嘆了一口氣，「唉，當年全因古董師徒聯手行動，硬生生把他從我身邊奪走了！」

　　說話間，一陣劇烈的咳嗽，老人的身子半佝了起來。胡之銘替老人順氣許久，絲毫沒有好轉的跡象。在另外一旁待命的私人醫生急忙上前，先給老人吸了一口純氧，這才略微好轉了些。

　　老人緩過氣後，又抓住胡之銘的手：「之銘，你記住我的話，成大事者萬萬不可心慈手軟！」

　　胡之銘雖然看似面色如常，其實心中相當不悅。他假笑道：「我記住了，那我先去忙了。」

　　話畢，胡之銘轉身離開，心中怒火滔天，因為他發現老傢伙還沒忘掉當年的那個人。

第五案
虛假套牌

對金錢的貪慾，會隨著金錢的增加而變得愈發強烈。

—— 玉外納

第五案　虛假套牌

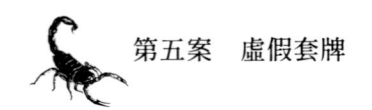

一　引子

　　小王哭喪著臉，他上前拿起罰單看了看，不甘心地繼續辯解道：「張老闆，我看了罰單上的時間，那些時間段裡我真沒開過你的車。再說了，我大半夜去這些地方做什麼？你若還不相信我，我馬上給您調行車記錄！」

　　李墨白聽完小王的解釋很疑惑，他走上前接過小王手中的違章罰單，仔細看了一下，發現罰單上的地點皆位於近郊，而罰單上的違章時間都是晚上。正如小王所說，這些地方大白天都沒有啥人活動，誰又會大晚上去呢？

　　「這些罰單的違章時間怎麼都是晚上？」唐海城小聲嘟囔了一句，「莫非這車能自己跑？」

　　李墨白瞪了唐海城一眼，正要將罰單還給小王，腦中突然靈光閃現道：「劉先生，我建議您還是調取一下行車記錄吧，這些違章記錄確實有蹊蹺，我懷疑……」遲疑片刻後，他將自己的想法說了出來，「我懷疑您的車被套牌了。」

二　居心叵測

　　空蕩的地下撞球廳中，氣氛異常詭譎，吊頂燈被拉到幾乎貼住撞球桌面，讓本就昏暗的空間更沉悶了不少。只見胡之銘面無表情，用力把桌上的黑八打進球袋中，拎起撞球桿走到另一側，完全不理會旁邊的男子。

男子面露難色，似乎有話想說，但好半天都不敢開口。因為他知道，如果在此時打擾到眼前之人，鐵定會惹出更多的麻煩。他只能傻站在一旁，耐心等少爺開口。可十幾分鐘過去了，少爺仍然陰沉著臉，什麼都沒說。

沉默間，胡之銘的手機突然響起，柔和的鈴聲開始迴盪，聽起來異常刺耳。胡之銘臉色非常難看，明顯處於即將爆發的邊緣。他將球桿丟在地上，走回到沙發旁，拿起聒噪不已的手機就要按滅。

當胡之銘看著螢幕上的名字，露出意味深長的表情，接通後問道：「煙煙，找我有事？」

電話另一頭，白煙煙沒馬上說話，過了片刻才問道：「沒啥，之銘，你這幾天忙嗎？」

胡之銘彷彿早就預料到了這個問題，他佯裝抱歉回覆道：「煙煙，實在是不好意思，因為我最近幾天實在太忙了，先前跟我合作的一家公司需要靠法律維權，目前的情況還不太樂觀。」

果然，白煙煙一聽就連忙接話道：「之銘，其實該道歉的人是我，上次讓你破費了，我同事的行為也有點過分，我本想第二天就約你出來道個歉，但最近所裡的工作也特別忙，一直拖到了現在才有空。」

胡之銘臉聽後，主動說道：「沒事，下次叫你同事一起吧，順便大夥都認識一下。」

電話那頭，白煙煙解釋道：「猜想很難了，他們倆太鬧，可能跟你玩不到一起。」

胡之銘坐在沙發上，盯著不遠處的白板，然後發問道：「煙煙，你今天下班後有空？要不我待會去接你，我們一起吃個飯？城東那邊新開了一

第五案　虛假套牌

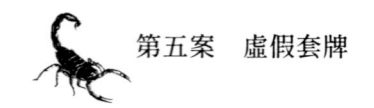

家川菜館，我前天和客戶去吃過，感覺你肯定會喜歡。」

白煙煙答覆道：「沒問題，川菜我也很喜歡。不過，這頓必須我請客，你不能跟我搶啊！」

胡之銘微笑著打趣道：「誰請客都行，反正晚飯我和你約好了，你可不能放我鴿子。」

隨後，二人又聊了好一陣子，才結束通話電話。只見胡之銘臉上的笑意瞬間散去，眼神中充滿了寒意。這時，胡之銘想起身旁的男子，從沙發上站起來，盯著對方問道：「我吩咐你的事辦完了？」

男子一時有些猶豫，不知該怎麼回答，因為事情不算太圓滿，唯有硬著頭皮說：「按照您的吩咐，我一直都有派人暗中監視，情況也定期跟您彙報了，只是……只是負責此事的那兩個人，其中一個前幾天被逮進去了。」

胡之銘聽罷，並沒理會男子。他走到一塊白色的寫字板前，用手將貼在上面的照片依次拿下，上面都是白煙煙與李墨白的生活軌跡與工作日常，與之前古董從嫌疑人處搜出的照片內容差不多。

胡之銘將照片一張張的收下後，重新走回男子面前，整理了一下手中的照片，臉上的神情開始變化。隨即，他將厚厚的一疊照片重重丟到男子的臉上。男子完全不敢反抗，只見他神情呆滯，不知如何面對這種情況。

「這就是你們的成果？」胡之銘冷笑著，「我請狗仔隊偷拍都比你們強！」

男子直接低垂著腦袋，一句話都不敢說。他明白是自己辦事不力，所以被罵也很正常。

「對，我差點忘了，一堆廢物能做好事才怪，不把自己搭進去就算不

錯了！」胡之銘說著，怒火又旺了不少。他從地上撿起一張照片，揉成一團丟到男子的臉上，這明顯是在專門羞辱人。

「不過，我提醒你一下，你自己進去不要緊，別給我惹什麼麻煩，因為你們這群廢物，讓我都被他們盯上了。」胡之銘用手拍打著男子的右臉，然後咬牙切齒地警告，「如果麻煩真的來找我了，我保證會先送你們上路！」

身旁的男子趕緊許諾道：「是，少爺，這種情況我保證絕不會再有，這次還請您原諒。」

說完，男子朝胡之銘鞠了一個躬。胡之銘輕蔑地看著男子，他不想和這群廢物計較。不過，現在確實要認真一點才行了。如今要對付的敵人實在太多，僅憑他一個人，確實忙不過來。

「那我再給你一次機會。」胡之銘從一旁的沙發上拿出一個資料袋，丟到了男子的腳下。

男子其實早就怒火中燒了，但他怕幫規所以不敢以下犯上，唯有彎腰將地上的資料袋撿起來。胡之銘方才的動作過於粗魯，袋中的物品掉了出來，其中一張照片上，唐海城笑得十分燦爛。

胡之銘撿起唐海城的照片說：「你去盯著這小子，如果有機會，最好給他找點麻煩！」

男子皺了皺眉頭，看著照片試探性地問道：「少爺，您打算滅了他？」

胡之拿著照片，想了片刻說：「不，反正你到時等我通知，你現在就開始去準備吧。」

男子沒繼續發問，拿著資料袋快速離去，因為他清楚有些事知道得太多會喪命。

第五案　虛假套牌

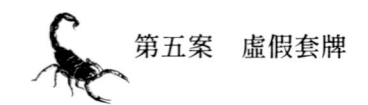

　　胡之銘待男子離開後走到白板前，用手將唐海城的照片貼了上去，冷笑著說道：「唐海城，就憑你這樣的貨色也想讓我親自動手？你還不夠格，不過你既然想玩，那我絕對奉陪到底！」

　　與此同時，青山區派出所的眾警亦十分忙碌。眼看馬上就到下班時間，可誰也沒收工的意思。李墨白跟小顧在整理工作日誌，唐海城繼續用電腦調取資料。白煙煙看著忙碌不已的同事，內心有點不好意思，抬頭看了一眼時鐘，還有十多分鐘下班，胡之銘很快就要開車來接她了。想到這裡，白煙煙開始收拾桌上的東西。這一幕，被從辦公室裡出來接水的古董收入眼中。他無奈地笑了笑，自然心知肚明。

　　另一邊，白煙煙有些望眼欲穿了。時間悄然走過，十多分鐘實在太過漫長。好不容易到下班時間，白煙煙正想動身，又有點猶豫。她悄悄觀察一旁還在全心工作的唐海城，見他沒注意到自己，不禁暗鬆了一口氣。即便如此，白煙煙出了派出所的大門後，向遠處走了好大一截才徹底放心。

　　「這下可把你們都甩掉了，我看你們倆還怎麼多管閒事。」白煙煙邊說邊朝派出所的方向做了個鬼臉，露出輕鬆的笑容。此時，一輛車停到了白煙煙旁邊。她仔細一看，發現是胡之銘的車。白煙煙整理了一下頭髮，向胡之銘招了招手。

　　「我剛見你笑了，是有啥好事？」胡之銘搖下車窗，微笑著問道。

　　「沒什麼好事。」白煙煙打了個哈哈，胡之銘示意白煙煙上車，然後重新發火車子。

　　「煙煙，你今天怎麼在這等我，害我一頓好找。」胡之銘邊開車邊說道。

　　白煙煙自然不能說是為了躲唐海城跟李墨白，唯有岔開話題道：「今晚我們去吃川菜？」

「嗯。」胡之銘打著轉向燈朝另一個方向駛去,「你不是喜歡吃火鍋嗎?那家的四川火鍋很不錯,我上次吃的時候就想到你了。」

白煙煙聽著心中一陣悸動,靜靜地坐在副駕駛上,看著認真駕車的胡之銘。

二人出行時,正好碰到了晚高峰。等成功抵達川菜館,已經是半個多小時後的事了。

川菜館的裝修確實不錯,店裡人來人往,絡繹不絕,乍看之下根本沒有空位。胡之銘進到店裡,先與服務生私語一番,帶著白煙煙直接上了二樓。二樓有一些包廂雅間,相比樓下下的人山人海,自然會清靜不少。

「這家川菜館特別難定位,我打電話時已經滿了。」胡之銘朝白煙煙解釋道。

白煙煙有些驚訝,開口反問道:「那你怎麼還能訂到包廂?」

胡之銘神祕一笑,湊過白煙煙臉旁說:「我前天那個客戶,是這家店的股東之一,我告訴他今晚要請人吃飯,他特意幫我預留了位置。」

白煙煙直接讚揚道:「之銘,那你這個客戶人還不錯,也太給你面子了!」

胡之銘連連擺手道:「客戶給我面子,是因為我替他打贏了官司,賺了一大筆錢而已。」

二人進入包廂後依次落座,胡之銘將桌上的選單遞給白煙煙,表示女士優先。白煙煙也沒拒絕,接過選單點了些胡之銘喜歡吃的東西,然後招來服務生下單。等待上菜期間,二人閒聊了起來。

「煙煙,最近幾天我忙瘋了。原以為這裡的生活節奏會慢一些,沒想到之前還累。」胡之銘嘆氣,又自嘲地笑了笑,「不過,也怪我太高估了自

第五案　虛假套牌

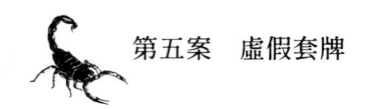

己,同時接那麼多委託,實在是忙到分身乏術。」

白煙煙心中為之一驚,想起之前唐海城說過的話,試探性地建議道:「之銘,工作雖然也重要,但也不能累著自己。我看你比前些日子瘦了好多,臉色還有點蒼白,要不適當推掉一些工作吧?」

「我也想,但我要還債。」胡之銘面露難色,「煙煙,當時我父母重病,我借了不少錢。」

白煙煙聽罷,內心的某個地方有所觸動。她繼續勸解道:「那你也要量力而行啊!」

「其實,我也知道這樣不好,委任方有好多都不是正派公司。」胡之銘皺著眉頭,「說出來也不怕你笑話我,為了生計跟能如期還債,我現在已經變成別人眼裡的無良律師了。」

白煙煙伸手拍拍胡之銘的肩膀,安慰道:「沒關係,別管外人的看法,我理解你就好。」

胡之銘揉了揉鼻子,目光溫柔地望著白煙煙說:「煙煙,謝謝你能理解我,你對我真好。」

白煙煙也同樣看向胡之銘。二人就這麼互相對視著,心中那種微妙的感覺不言而喻。

■ 肇事逃逸

突然,白煙煙就感覺自己領口中一陣冰涼。她驚叫一聲站起來,才發現是來送飲料的女服務生不小心把水灑到了她身上。或許服務生並不是故

意為之，但現在白煙煙的身上已經溼了一大片。

「煙煙，你沒事吧？」胡之銘回頭盯著服務生，正欲開口問責。

白煙煙趕緊阻攔道：「之銘，你別罵服務生姐姐了，我現在沒什麼事，回去擦一擦就好了。」

服務生立刻接話道：「對不起女士，我帶您去整理一下，順便幫您把衣服吹乾。」

白煙煙點了點頭，還好只是些普通的冰水。如果換成了飲料，猜想她只能回家換衣服了。

同胡之銘打過招呼，白煙煙便隨服務生一起去到了員工室中處理身上的問題。

見白煙煙離開後，一面對帶微笑的胡之銘恢復常態。他動了動臉上已經僵硬的肌肉，面無表情地起身來到白煙煙的座位前。白煙煙的手機此時正好在桌上，胡之銘順勢拿起手機，將之前偷瞄到的密碼輸入，成功解鎖了螢幕。

十幾分鐘之後，白煙煙才重新返回包廂。剛才在員工的休息室中，她的衣服也由女服務生幫忙用吹風機吹乾了。一同回來的女服務生還是滿臉歉意，再次主動鞠躬道歉。白煙煙則說沒關係，便沒繼續搭理女服務生了。白煙煙拿起桌上自己的手機，看了一下時間，完全沒發現，服務生離開包廂時，對胡之銘露出詭異的微笑。

一段小插曲結束，二人的聊天內容發生了變化。飯菜上齊之後，直接將重點放在了食物上。等整頓飯徹底吃完，白煙煙招來服務生結帳後，她一看手機顯示的時間，已經是晚上九點多了。胡之銘主動提出送白煙煙回家，白煙煙沒有拒絕。兩人坐在車裡，一時不知該聊什麼東西。

第五案　虛假套牌

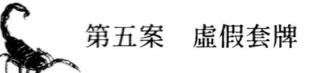

「煙煙，你這次跟我一起吃飯，你的同事不知道？」胡之銘發火車子問道。

「不知道，我沒跟任何人說，畢竟我的同事都太鬧騰了。」白煙煙如實回答道。

「沒事，我覺得他們也是很有趣的人，希望有機會能認識一下。」胡之銘邊開車邊說。

「好，我找機會安排一下。」白煙煙說完就開始閉目養神，因為她今天在所裡沒午休。

胡之銘繼續開著車，四十多分鐘後，車子抵達白煙煙家樓下。胡之銘把副駕駛位的白煙煙叫醒。白煙煙解開安全帶推門下車，與胡之銘道別，並目送他離開。白煙煙今晚總覺得有些地方不太對勁，可具體原因她又說不上來。

白煙煙回到家，先進行了盥洗。但整晚都在想啥地方出了問題，而且窗外此時還響起了驚雷跟飄起了細雨，更讓人不能輕易入眠。直到後半夜，白煙煙才有了很強的睡意。她同時也發現了今晚的怪異之處，是胡之銘這個人不太對勁。

次日六點三十分，白煙煙就被手機鬧鐘吵醒。她睜眼一看，發現下了一晚的雨還沒停。

白煙煙先起床盥洗跟換衣服，再從冰箱裡取出牛奶和麵包吃完，最後才拎著傘出門上班。

白煙煙雖然乘坐的士上班，可下車時還是被雨水淋溼了衣服跟鞋子。到了所裡之後，同事們跟她的情況差不多，唯獨唐海城沒被雨水影響。很顯然，這傢伙昨天又沒回家。白煙煙有些佩服唐海城，本以為他只是一時

心血來潮，沒想到還真堅持了下來。

突然，三分鐘熱風夾帶著水滴從門口傳來，抬頭一看是李墨白。他就比較狼狽了，停車場離辦公室很遠，出了車門就相當於暴露在雨中，雨傘迎風根本沒啥作用。等從停車場進到辦公室，整個人早溼透了。

唐海城見狀，調侃道：「小白，活該讓你昨天不陪我加班。你看，這不就遭報應了。」

說完，唐海城主動丟給李墨白一條毛巾，又把自己的衣服丟給了他兩件。

李墨白接過毛巾抹乾頭髮，換好衣服後在座位上正要喘口氣，桌上的出警電話突然響起。

李墨白接通電話，了解完情況後說：「東四街出車禍，肇事車輛逃逸，我們要趕快出警。」

唐海城聽到此處，精神也緊張了不少。原想這樣的天氣情況，會發生車禍也不意外，但肇事者事發之後逃逸，如此一來，案件的性質就變了。

唐海城跟李墨白快速穿好雨衣，幸好東四街距離派出所不遠，只隔了一條街的距離。但由於現在下雨，路上的交通十分堵塞。二人見狀，只能徒步衝進雨中，開始朝案發地狂奔。等趕到現場時，周圍已被群眾圍了個水洩不通。唐海城不知該說啥好，大雨天都擋不住群眾湊熱鬧的心情。

一旁的交警正在疏散人群，保護現場。但無奈人手太少，顧得上東邊，管不住西邊。兩人見狀，趕緊上前幫忙。圍觀者見警察來了，紛紛讓出一條小道。二人順著小道進去，看了一眼，心涼了半截。

李墨白發現傷者的情況很嚴重，留著精神的短髮，四十歲左右的樣子，身材極為瘦弱，側躺在路上，整個人毫無反應。雨水正沖刷著車禍現

第五案　虛假套牌

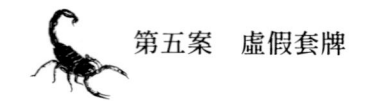

場的血跡。一個年輕的交警跑到李墨白跟前說道：「現場有目擊者指出肇事車輛闖紅燈行駛，撞倒行人之後沒有停下就直接逃離了。」

李墨白跟唐海城聽著，齊齊皺眉。闖紅燈跟撞人逃逸，這案子的性質可謂十分惡劣了。

「幾分鐘前，有熱心群眾打過急救電話。但就今天這個天氣情況，護車趕到也要一陣子了。」交警說著，又嘆了口氣，「下雨天，開車本就該慢行，闖紅燈本違法不說，更可恨的是司機竟敢撞人逃逸！」

「小白，你說肇事司機有沒可能是酒駕？」唐海城望著身旁的李墨白小聲問道。

「海城，不排除你說的這種情況，具體的還要進一步調查才行。」李墨白皺著眉頭道。

在二人交談期間，救護車很快就鳴笛趕到了。唐李二人連同交警小哥開始疏散人群，好不容易才理出一條路供救護車行進。醫護人員下車後，簡單檢查過傷者的情況。然後，醫生一臉無奈地搖了搖頭：「傷者已經不行了，找找看他身上有沒身分證，試著連繫下他的家人吧。」

聽到此話，李墨白和唐海城當場驚呆了，這更讓他們堅定了要抓到肇事者的決心！

醫護人員將白布單蓋到傷者身上準備抬上車。李墨白跟上前去，從傷者口袋中找到了他的身分證與電話。傷者名為劉玉琦，他的電話螢幕雖然已經裂了，但不影響正常使用。從電話簿中，李墨白找到了備註為「女兒」的號碼。李墨白撥通之後，不敢直接告訴她實情，只是通知她來醫院一趟。

唐海城和李墨白跟隨救護車一起來到醫院。一個小時之後，一名神色

慌張的年輕女子從醫院外衝了進來。看著她驚恐的表情，李墨白告知女子真相。女子聽後，癱倒在醫院的地板上嚎啕大哭，路過者無一不為之心痛。

李墨白與唐海城輪流安撫女子的情緒，可惜沒有什麼太大的效果，只能從她斷斷續續的言語中了解到，劉玉琦其實是一名敬業的人民教師，今早冒雨出門趕去上班，所以才會被車撞。

二人不忍繼續打擾女子，大致記錄情況之後，便默默轉身離去。走出醫院，雨還是沒停。唐海城與李墨白叫車趕到交警大隊，繼續深入了解相關案情。交警隊方面也調出了案發地當時的監控，不過看完監控之後，讓人相當失望。

「沒辦法，這大雨天監控能拍到東西就很不容易了。」交警大隊的李華隊長指著監控畫面進行分析，「從畫面中，還是能看出肇事車輛為一輛黑色大眾。事發的時候，車也遭到了撞擊損毀，案發現場留下了一些碎片。我讓同事去調取其他路口的監控了，只要肇事車輛經過，就能找到行動軌跡！」

李墨白和唐海城點了點頭，又想起之前交警提到過現場有目擊群眾，又問起了回饋情況。

李華頓了頓補充道：「之前有群眾和我們說有人親眼目擊了整個案發過程，但當時現場實在太過混亂，加之天氣的原因，目擊者被混在圍觀群眾之中，很有可能已經提前離開了。但我們開始嘗試連繫目擊者了。」

聽到這裡，李墨白又有些沮喪。要找到當時的目擊者，本身就特別難。眾警本以為案子已經走入死胡同了，可誰知目擊者主動趕到交警隊反映情況。這讓李墨白等人十分振奮，有目擊者這個證人，肇事司機絕對難

第五案　虛假套牌

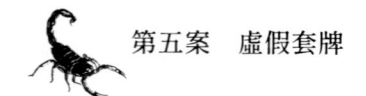

逃法網。

目擊者叫陳海英，當時她正在上班的途中，等待紅綠燈之際，曾經與劉玉琦有過短暫的接觸。她知道劉玉琦當時應該很趕時間，因為多次掏出手機看時機，所以當紅燈亮起後，立刻起身向馬路對面趕去。

「我當時還沒回過神，就聽到『砰』的一聲巨響，我抬起頭就看到人被撞飛了。」陳海英說著，明顯還一副心有餘悸的模樣，「那時候明明還是紅燈，那臺車就直接衝了過去，也不管人行道上有沒人，萬幸那時我在整理自己的雨衣，要不然我也會一起遭車撞。」

「那您當時有沒看清車牌號？」唐海城聽著滿懷期待地追問道。

陳海英說出了一串數字，雖然所說的車牌號不完整，因為車牌被人為地故意遮擋。

「因為當時事發突然，我當場都給嚇傻了，僅粗略地看了一眼，只記住了這麼多。」陳海英非常不好意思，「警察先生，其實我也不確定自己記對了沒，但車牌的前幾位我肯定沒記錯。」

「沒關係，車牌本來就被人為地故意遮擋了，您能提供線索，我們非常感激。」李墨白向陳玉英表示了感謝，但心裡還是發愁該怎麼找到新的線索。但萬幸天網恢恢疏而不漏，因為交警隊的弟兄們找到了另一段肇事車輛出現的監控，在這段監控中車牌隱隱可見，雖然依舊不夠清晰。

「陳女士說的車牌號基本無誤，不過正如她所言，最後兩位確實對不上。」李華撓了撓自己的頭髮，繼續往後補充，「但幸好只缺了最後兩位，我們把所有符合的車牌訊息都調了出來，按照車型再逐步篩選，應該很快能鎖定相關嫌疑人。」

眾人都發現了希望的曙光，心中的失落減輕了一些。別看只差了兩位

數,車牌的編碼方式有很多種,等到交警一一將符合的車牌羅列出來之後,時間又過了很久。不過,好在符合的黑色大眾車只有三輛。

「肇事者必定在這三人之中!」唐海城躍躍欲試,恨不得立刻將肇事者繩之以法。

李華隊長拍了拍手,開始安排後面的調查分工。他看著面前的兩個人道:「這樣吧,走訪調查這三個人由你們派出所那邊負責,交警隊這邊我已經安排人繼續去調監控了。肇事車輛的行駛途經資料一有眉目,就通知你們。」

李墨白與唐海城點頭應下,很快就投入到了工作中。這三臺車的車主資訊,調查起來並不費力,很快就排除了其中一輛車的嫌疑。因為案發時,該車並不在海城市,而是在數百公里之外的南明市。而且,高速路的繳費記錄也能證實車主沒說謊。如此一來,嫌疑人的範圍就小了一步。唐海城與李墨白心底的憤怒開始化為力量,這是支持他們追凶的動力,也是從警的使命與天職。

▆ 虛假套牌

可惜,調查的過程沒想像中那麼順利。在調查第二臺車的同時,監控方面的調查也有了眉目,但結果很讓人失望。肇事車輛在逃離之後,向城東方向駛去,監控中顯示的畫面很清楚,但肇事者對周圍路況很熟悉。警方調取了城東路況的所有監控,最終在三處監控路段發現了肇事車輛的蹤影,然後車子就徹底消失了。

第五案　虛假套牌

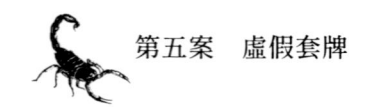

　　據交警隊分析完監控的專業判斷，肇事車輛應該是駛入了城東的城中村。這一區域域一直都是管轄中的難點，城中村裡大多居住外來打工者，人口相當混雜，而且監管配套極度缺乏，這就代表肇事者躲進了警方的視野盲點之中。

　　唐海城捏著下巴提議道：「要不，我們派人進城中村裡查一下？」

　　李墨白連連搖頭，對唐海城的建議並不認可。他一針見血道：「先不說城中村有多大的範圍，其中的居民住戶肯不肯配合，單說如果嫌疑人把車藏到地庫中或者私家車庫，我們又能拿他怎麼辦？現在應該從車主訊息下手，只要成功找到人，一切就都好辦了。」

　　「現在第二輛車輛的訊息也還在查，也不知道會不會有結果。」唐海城嘆了口氣。他冥冥中總有一種預感，這三臺車都不是警方要找的最終目標。果不其然，第二臺車的嫌疑也被排除了，案發時車正在修理廠定期維護。因為車輛莫名維護也有嫌疑，為此唐海城與李墨白還跟車行進行了核查驗證。

　　唐海城跟李墨白的想法不同，李墨白堅信只要能確定車輛資訊，嫌疑人自然就會被揪出來。也因此，他將所有的希望都放在了最後一臺車上。結果調查最後一輛車時，發生了一些小插曲──車主有些不配合，甚至還極度牴觸，這讓唐海城和李墨白都心生疑惑。正因如此，最後一位車主成了重點排查對象。

　　車主是一名四十多歲的中年男子，名叫劉占國，在海城市經營一家鑄鋼廠。大老闆的身分讓他看起來有些盛氣凌人，身材發福到跟個暴發戶一樣。唐海城跟李墨白特意趕到劉占國的工廠了解情況，工廠周圍的環境很雜。劉占國正忙著監工趕貨，對找上門的兩個年輕小警也是愛搭不理。當

唐海城問起劉占國案發當日的行蹤時，劉占國還很不配合。

劉占國半瞇著眼說：「警察先生，雖然我的教育程度不高，但我應該也有權利不說吧？」

「劉先生，傷者已經因為傷勢過重去世了。我們只想找出肇事者，還死者一個公道。剛才問您的問題只是為了查案。」李墨白想了想，又補充了一句，「另外，若此事涉及您的個人隱私問題，我們絕對高度保密。」

無論李墨白怎麼說，劉占國就是不肯開口。他指揮著廠裡的工人工作，將李唐二人晾在一邊。廠子裡人來人往，噪聲也很大，唐海城都等到心煩意亂了。又待了一會兒，劉占國才示意二人到辦公室裡談。

進了辦公室，劉占國給兩人倒了水，坐到沙發上說：「兩位警官，辛苦了。為了案子，大老遠地跑來找我了解情況。」

唐海城喝了一口水，然後直入主題道：「不辛苦，我們這都是為民眾服務。請您提供一下案發當日您車輛的行駛記錄和駕駛人行程。」

劉占國猶豫了一會兒，還是點了點頭道：「你們說的是下雨那天吧？前一天我晚上沒回家，住在市裡的一家酒店裡，第二天起來後就讓司機開車來接我了，然後我就從酒店直接回廠裡了。」

這話一出，唐海城自然明白劉占國之前為什麼不說，他決定暫時跳過跟酒店有關的問題。

「平時您自己開車嗎？」唐海城繼續追問，李墨白則負責用筆記錄。

「我一般不開車，因為平時酒局太多了，所以通常都是司機開車接送。」劉占國回答道。

「那您的車平時一般停在何處？」唐海城又喝了一口水問道。

第五案　虛假套牌

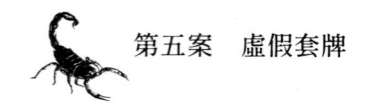

「車一般停在我的司機小王那裡，這樣方便他每天接送我。」劉占國想了想，拿起手機撥通了電話。不一會兒，一個男子從外面進來，跟劉占國打了個招呼，回頭看到兩名警察也是為之一怔。

「這就是我的司機小王，警察先生，有什麼問題也能問他。」劉占國指著司機介紹道。

司機小王明顯有些緊張，他看著面前的兩個年輕警察，手指不斷地揪扯著衣服。

李墨白也不磨嘰，直奔主題。當他問起跟案件相關的問題時，司機小王居然有種鬆了一口氣的感覺。小王詳細地將當日接送劉占國的行程與時間點講出來，末了在劉占國的陪同下，還帶著李墨白跟唐海城去車旁進行了檢查，調取了行車記錄儀。出乎意料，劉占國的車上並沒有任何事故發生的痕跡，行車記錄儀也同樣驗證了這一點。案發當日，劉占國的車根本沒在案發地附近出現過。

這就奇怪了，難道最初的調查方向有誤？或者說是搞錯了車牌號亦或監控有問題？

劉占國確認完調查結果，整個人鬆了一口氣。畢竟，他也不想自己在酒店的事曝光。

但唐海城跟李墨白卻十分難受，這表示整個偵查方向已經走進了一條死胡同。

李墨白突然想起方才司機小王的不自然，他總懷疑小王在掩飾什麼東西。

於是，李墨白又開始對小王展開問話。司機小王是個老實人，李墨白還沒怎麼問就承認方才有些心虛。但聽到最終的原因，李墨白有些哭笑不

得。原來，司機小王在給劉占國開車之餘，有時還會開劉占國的車出去，接送些自己的家人跟好友。前幾天，他偷偷開劉占國的車出去接人，不小心還闖了個紅燈，被扣分罰了款。今天，劉占國突然找他來，小王以為東窗事發，才如此緊張。

聽到這些之後，劉占國明顯有些不開心。但礙於有兩位警官在場，他並沒發作，只是擺了擺手，不耐煩地示意小王出去。也許小王是怕丟了這份工作，當場跟劉占國求情道：「劉老闆，我真的知道錯了，請您不要開除我。我就偷開了您的車兩三次，以後絕不再犯這種錯誤。」

劉占國臉色很難看，他冷「哼」了一聲，也揭了小王的老底：「閉嘴，我最煩你這種人，做錯了事還想撒謊。我本想睜一隻眼閉一隻眼算了，今天你既然主動提起，那我就和你算個總帳。上個月，交警大隊給我開了至少四張違章記錄罰單，而且都是在晚上被罰。我每天六點半就下班回家了，然後這車是不是在你手裡？結果，你開出去被罰了？」

小王被劉占國給問傻了，不停地搖頭道：「老闆，我是這個月才開始偷偷開您的車。」

「好了，別狡辯了，也不怕人家警察先生笑話。」劉占國打斷小王的話，從抽屜中拿出幾張罰單丟給小王，「從明天起，你不用來上班了。罰單的錢從你這個月的薪資裡扣，一會兒去財務那裡結帳走人。」

小王哭喪著臉，上前拿起罰單看了看，不甘心地繼續辯解道：「張老闆，我看了罰單上的時間，那些時間段裡我真沒開過你的車。再說了，我大半夜去這些地方做什麼？你若還不相信我，我馬上給您調行車記錄！」

李墨白聽完小王的解釋很疑惑，走上前接過小王手中的違章罰單，仔細看了一下，發現罰單上的地點皆位於近郊，而罰單上的違章時間都是

第五案　虛假套牌

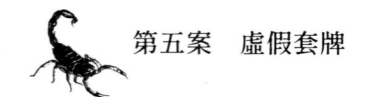

晚上。正如小王所說,這些地方大白天都沒有啥人活動,誰又會大晚上去呢?

「這些罰單的違章時間怎麼都是晚上?」唐海城小聲嘟囔了一句,「莫非這車能自己跑?」

李墨白瞪了唐海城一眼,正要將罰單還給小王,腦中突然靈光閃現道:「劉先生,我建議您還是調取一下行車記錄吧,這些違章記錄確實有蹊蹺,我懷疑……」遲疑片刻後,他將自己的想法說了出來,「我懷疑您的車被套牌了。」

劉占國聽李墨白這麼說,瞪大了眼睛,自言自語道:「我的車被套牌了,怎麼會這樣?」

李墨白想了一會,才再次建議道:「您先別急,先看一下行車記錄吧。如果小王說的是實話,那行車記錄裡應該不會出現這些地點,基本上能判斷出您有沒有被套牌。」

劉占國急忙按照李墨白的提示去做,翻看了半個多小時行車記錄,幾人的心中漸漸有了答案。事實證明,劉占國的車確實是被套牌了。

「劉先生,我們現在懷疑先前的那場交通事故也是套牌您車輛的人所為。」李墨白大膽推測道。

劉占國聽後,更是焦急不已,口中唸叨著:「怎麼會這樣子?我這車剛買也沒多久。之前開老車的時候從來沒發生過這種情況,怎麼剛換新車就這麼倒楣?」

「劉先生,套用您車牌的車和您的車型號應該沒啥區別,等於套牌者絕對知曉您的車輛資訊。您仔細想一想,有沒有在什麼地方洩漏過您的車輛資訊,包括車輛的型號、購買時間等。」

劉占國仔細想了半天，沒想到任何可疑之處，皺著眉頭道：「警察先生，我這車是在車行買的，保險也是在他們那上的。車剛買沒多久，連洗車場都沒去過幾次，怎麼可能會被洩漏資訊？」

李墨白見劉占國沒想起來啥有價值的資訊，又轉過繼續追問小王：「你洩漏過資訊？」

小王霎時間臉色慘白，被迫無奈之下唯有道出實情：「也就兩個月前吧，有一天我送老闆回家之後，倒車時不小心蹭到了牆上，刮掉了一小塊漆。我知道，這是老闆的新車，怕老闆會怪罪，就找了個維修廠補救。」

李墨白聽著，感覺真相快浮出水面了，便用眼神示意小王繼續往下說。

「我問了好多個地方，價錢都特別貴，快趕上我半個月薪資了。後來沒辦法，只能把車送到街邊一家汽車配件店裡。」小王越說越心驚，老闆的臉色越來越難看，而兩名警察臉色卻很興奮。小王暗想，真是攤上大麻煩了，這下工作要丟不說，可能還會吃官司。

李墨白滿懷期望地追問道：「你還能想起那家汽車配件店的位置嗎？」

小王見李墨白滿臉期待，也點了點頭說：「警察先生，那家店在我平時上下班的路上。店面非常不起眼，店門口掛了個牌子，寫著『汽車美容維修』。你們出了廠子的大門一直往東邊走，就會看到。」

李墨白也怕打草驚蛇，特意叮囑道：「劉老闆，出了這樣的事實在很遺憾。不過，這段時間麻煩您先別開這車了，以免給我們調查增加難度。如果套用您車牌的車再次出現，我們會第一時間將其逮捕！」

「好，那就辛苦警察先生了，我絕對積極配合你們的工作。」劉占國點頭許諾道。

第五案　虛假套牌

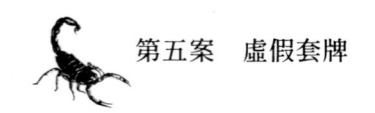

　　李墨白跟唐海城很興奮地走出劉占國的廠子。趕往修車店的途中，李墨白還向古董彙報了情況。古董特意叮囑，先讓二人趕回所裡一趟。如今，已經知道套牌是從何處流出，自然也能順藤摸瓜，查到購買套牌者的身分，案子很快便會水落石出。

一　蛇鼠一窩

　　李墨白跟唐海城依照古董的命令，先回了派出所開會討論，最終決定演一場戲引蛇出洞。

　　半個多小時後，李墨白本色演出富家公子哥，而他那臺價值不菲的小跑車也派上了用場。

　　唐海城則當跟班和專職司機。三分鐘熱風馳電掣之後，唐海城載著李墨白在修車店門前下了車。不得不說李墨白的跑車還是很有吸引力，店中本在門口打瞌睡的員工見狀，「唰」地一下就圍了上去。

　　「呦，帥哥，你這車不錯啊！」一個黃毛雙眼朝李墨白比了個大拇指道。

　　「黃哥，咱幹這行都有些日子了，還真沒見過什麼好車。」一個板寸頭接話道。

　　李墨白下車走進店裡轉了一圈，找了把椅子坐下道：「想找你們辦點事，錢不是問題。」

　　「你想找我們辦什麼事？」黃毛很謹慎地反問道。

　　「我半夜沒事的時候特愛飆車，但又怕被扣分，所以想買個車牌。」李墨白單刀直入道。

「你怎麼知道我們這裡能辦？誰跟你說的這事？」板寸頭大大咧咧地問道。

「我一個朋友說你們這行，所以今天我就找過來了。」李墨白望著板寸頭說。

「給句準話能不能搞？不能我們就走了，問東問西的做什麼呢？」唐海城突然發難道。

「您別生氣，按規矩要先給預付金，搞到了車牌就連繫您。」黃毛自然也怕生意泡湯。

李墨白刷卡付帳。黃毛確認錢到帳之後，嘴巴都快笑歪了，這錢也太容易賺了。

黃毛找唐海城拿了一個連繫方式，然後唐海城才載著李墨白離開。接下來，就開始了漫長的等待。古董出面，向市局申請支援，市局增加了警力，暗中全天候監視修車店，以及店裡這兩個傢伙的動向。透過短期的觀察，唐海城發現那兩個傢伙吃住都在店裡，二樓就是二人的生活區。不知不覺好幾天過去了，牌照之事貌似沒啥動靜。直到某天夜裡，店裡出現了一名背著包的陌生男子。

此人讓暗中負責監視的警員非常興奮。男子進店之後，與黃毛交談了一番，之後便帶陌生男子上了二樓。而在另一處地點監視的警員也意外發現，陌生男子從他的背包中掏出兩片長條狀物體。時機成熟，警方立即展開抓捕行動。在店內，李墨白成功搜出一副仿冒品照。在罪證確鑿的情況下，幾個嫌疑人亦無力狡辯。

經過警方的突審，才知道這是一個專門製假販假的套牌犯罪集團，涉案人員共計十四人，而且分工特別明確。其中有專人負責收集車牌訊息，

第五案　虛假套牌

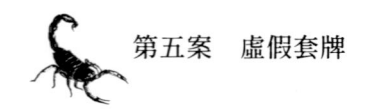

有人負責銷售套牌，然後再進行相關的車牌製作。

與以往的車牌造假不同，這夥人弄出來的虛假車牌幾乎能以假亂真。據黃毛等人交代，製作假車牌前會從各處汽車修理廠收集各類車輛資訊與車牌號，進行分類整理之後，才交給專人製作。如果有所謂的客戶要買車牌，自然會為客戶匹配最為相近的牌照，包括保證原牌照的車輛型號與客戶車輛型號相近，因此相當程度上保證了牌照的可用性。所以，該犯罪集團的車牌生意很好。

關鍵之處在於被套牌的車輛資訊是從各大修理廠彙總而來，這自然讓原牌照的車主很難察覺。通常車主將車輛送去維修廠後就會等維修廠通知取車，中間難免存在無良的維修廠會將車輛的訊息複製販賣出去。可惜大多數車主並不知道這一出，自然想不到自己的車會被套牌。如此神不知鬼不覺，該犯罪集團經手的虛假車牌數量已過百套，而這些流入市場的虛仿冒品照正隱藏於海城市中。

眾警聽後，很是震撼。不過，好在該犯罪集團在賣假車牌時，對客服的訊息做了備份，這使警方減低了工作量。調查期間，一直沒搞清楚犯罪集團中售後服務是啥意思？直到李墨白分析完客戶資訊列表，才徹底搞清楚售後服務，就是等到時機成熟，向購買者進行敲詐勒索。

本想著破獲一起肇事逃逸案，結果意外牽扯出車牌造假犯罪集團，李墨白和唐海城覺得這一切都太戲劇化了。他們本想從造假犯罪集團口中得知購買劉占國車牌套牌人的資料，怎料沒能得償所願。

「跟我們購買這個車牌的人很古怪，買家的警惕性比一般人強太多了，但買家出手也比一般人大方。」黃毛被打著手銬坐在審訊椅上，開始給李墨白講述交易詳情，「當時，我賣這塊車牌賺了一萬多。」

李墨白聽了驚訝不已，連忙追問道：「買家購買車牌時，有向你透露過什麼嗎？」

黃毛歪著腦袋仔細想了一陣，才說道：「買方的嘴巴比較嚴，我什麼都問不出來。一開始，我還以為他是條子。結果，沒在他那裡翻車，反而栽你們倆手裡了。」

唐海城一聽「條子」二字，用手一拍桌子喝道：「注意用詞，你給我嚴肅點，這會兒審訊呢！」

黃毛眼看唐海城發飆，趕緊連連告饒道：「警官息怒，我這就是一時沒改過來的臭毛病。」

李墨白則擺了擺手，抬頭盯著黃毛問道：「那你還記得買方的長相嗎？」

「那傢伙的模樣我記得。」黃毛開始形容買方的外貌，「那傢伙是個大光頭，看年齡三十歲左右，一百八十公分左右的個子，身材比較壯。尤其那雙眼睛，看人的時候特可怕，就跟禿鷹一樣。我聽他的口音，應該是海城本地人。」

話畢，黃毛又努力回想了一些關鍵的細節，然後補充道：「對了，這光頭身上還有一個紋身，看樣子應該是社會人。警察先生，到時案子破了，千萬別說是我給的線索，我怕遭到報復。」

李墨白一陣無奈，心想就你還怕遭報復，那你做虧心事的時候怎麼不怕呢？雖然心中這麼想，但表面上還是點了點頭。畢竟，保護汙點證人的安全與隱私也是警方的責任，雖然這一次的證人身分很特殊。

「說說那個紋身長啥樣？」唐海城接話追問道。

黃毛低頭冥思苦想，過了許久才開口說：「這個……我一時間還真有點記不清了，他那個紋身在手臂上紋著，當時還被短袖遮住了一大半，我

第五案　虛假套牌

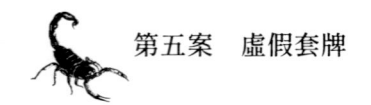

也就看到了一小部分，好像是一頭蠍子。」

李墨白的心「咯噔」了一下，他與唐海城對視一眼，又是蠍子紋身？難不成又與毒蠍有關？

黃毛的審訊一結束，唐李二人就趕著去跟上司彙報結果，看來此案的背後並不簡單。

此時，窗外的烏雲又聚到了一起。轟隆的雷聲中，大雨再次如期而至。海城市的某個角落中，有一夥人也開始忙碌了起來，迎著傾盆大雨，他們身穿黑色的雨披，將一個又一個箱子搬到車上。

如果此時有人看到這一幕，或許會被驚嚇到失聲尖叫。他們的模樣就彷彿沒有靈魂的行屍走肉，臉龐隱匿在雨衣的帽簷下無法看清。雨幕中，這些人機械地重複著同樣的動作，只為了完成那個少爺吩咐的任務。

第六案
雨夜走貨

人可以控制行為，卻不能約束感情，因為感情變化無常。

—— 尼采

第六案　雨夜走貨

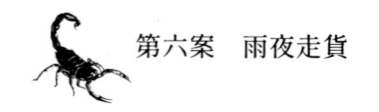

一 引子

　　李大龍頓了頓，才繼續說道：「這夥人做套牌這事，可有些年頭了。前幾年，市裡就出過類似的案子，只不過沒這麼嚴重，最多就是一起交通違章。不過，當年有一件案子算超級大案，時至今日，市局的高層都還在查。當年那個案子湊巧就和本案的套牌有關。」

　　「什麼案子？」唐海城第一個耐不住性子，見大龍故意賣關子，便隨手給了對方一拳。

　　李大龍被唐海城錘得生疼，狠狠地瞪他一眼，才開口說：「當年震驚全市的『六二八案』。」

　　唐海城聽了還有些懵，腦子裡還在想是啥案子，卻瞧見身旁的白煙煙跟李墨白都直接緘默不語了。他抬起頭看向李大龍，李大龍砸吧砸吧嘴說：「這個案子跟古所的徒弟有關。」

　　唐海城聽見「徒弟」二字，便脫口而出道：「持槍弒警案？」

　　李大龍重重地點點頭：「對，古所和市局一直都查著呢，沒想到被你們倆歪打正著了。」

　　這回輪到李墨白和唐海城震驚了。李大龍也不賣關子，繼續往下說道：「當年的『六二八案』可是驚動了市局跟省廳，你們古所也因此受了牽連。要我說，那案子到現在也沒破，不是沒線索，而是線索太模糊，壓根串不起來。那一夥人作案之後，迅速逃離了現場。刑警隊的兄弟在偵破時，透過監控找到了疑犯逃竄的痕跡。本以為能順藤摸瓜，但可惜監控拍到的車牌號是虛假套牌。」

一 雨夜走貨

　　雨夜下的海城市充滿了神祕感。全市最長的海江大橋橫跨新舊城區，將整座城市成功劃分開來。海江大橋的左側高樓林立，雨水正洗刷著大都市的塵埃。而另一側，城中村瘋狂盤踞，老舊的建築物隨處可見，二者形成了巨大的時代反差。

　　此時，有幾輛麵包車正穿梭於老城區中。它們一直刻意保持著車距，明明已是深夜時分，路上並沒多少車輛，卻始終不見任何一臺麵包車加速或者超車。因為這些車剛從市郊的一個倉庫中滿載而歸，車內運送的貨物不能見光，全都用普通的紙箱包裝好，一共找了七臺車拉貨，每臺車還特意安排了三至四個人負責押送。

　　胡之銘開著一輛黑色的大眾轎車，同樣行駛在舊城區的主路上。此時，他的神情很古怪，夾在右耳的耳機時不時傳出一些彙報聲。

　　「三號車正常，路段 A－1。」

　　「一號車正常，路段 C－1。」

　　「四號車請求指示，路段 D－1 有同行車輛，是否改變行駛路段？」

　　胡之銘聽著有些煩躁，瞄了一眼車中的導航，地圖上閃爍的亮點各自代表著今晚參與貨物運送的車輛。此時，在 D－1 路段上，三個紅點幾乎重疊到一起。他一邊減速，一邊思索變道方案，然後才說道：「四號車，現在開始轉向，向備用 F－2 段路行駛，與我匯合後再出發。」

　　耳機那頭應了聲「好」，地圖上的紅點片刻後也調轉了方向。胡之銘將車停到路邊，摘下鼻梁上夾著的眼鏡，用手揉了揉太陽穴。他只覺胸口發悶，不久前的那番對話依然在腦中反覆迴盪。

第六案　雨夜走貨

「今夜那批貨就要想辦法轉移，辦好此事再回來見我，」老人的聲音有些陰冷，「否則，你就回到屬於你的地方去！」

「義父放心，事我會辦好，您先休息吧，我去忙了。」胡之銘說完，便拱手離去。

老人目送他離開，然後搖了搖頭，長嘆一口氣道：「唉，我還是看錯了人啊！」

胡之銘自然能明白老傢伙是什麼意思，他跟著老傢伙也五年多了。一直以來，他都把對方當成自己的親人，任何事都唯命是從，從未有過忤逆。胡之銘原本以為，那人也真正將他視如己出，今夜看來實則不然。

說起來，這兩個人冥冥之中就注定有緣。當年，胡之銘家遭逢大變，他的生父慘死異鄉，母親受了刺激，終日渾渾噩噩，最終深夜跳樓自盡了。可憐那時胡之銘還未成年，高中上了一半便輟學了，一邊為雙親料理後事，一邊還要防著生父的債主跟仇家。

這些都是胡之銘的父親結下的惡果。未出事之前，胡家也算富足，母親沒有工作，但從未因生計發愁，胡父一個人在外賺錢。可父親究竟是做什麼的，他並不清楚，總覺得父親的行蹤很神祕。

可老話常說，常在河邊走，哪有不溼鞋？可惜，胡父這一失足，便直接落水溺亡。

胡父一死，胡之銘就麻煩了。胡父生前的那些仇人齊齊找上門，不是追債就是打罵。

那一段時光，胡之銘現在想起來都很痛苦。處理完家事後，他甚至想過尋死。不過，那些債主沒給他這個機會——他被一夥人挾持了去。這夥人可不是啥好人，胡之銘在他們手下吃盡苦頭，做了不少壞事。

不過，也是因為這夥人的關係，胡之銘有幸被一個老者救了，並被好心地收為義子。

那時，胡之銘不知道義父的真實身分。但眼下有人肯救他一命，絕對是一件天大的好事。

後來，胡之銘才明白，那時義父的親生兒子剛過世不久，原因與自己父親無異。

義父和挾持他的那夥人有往來，一來二去便得知了胡之銘的情況，於是就發了善心。

一個剛失了愛子，一個剛失了父親，這二人同病相憐。胡之銘感恩，便留在了老者身邊。

起初，義父待胡之銘極好，衣食住行都幫他打點，花錢送去深造，完成了他未完成的遺憾。最重要的是，義父並不強迫他去做什麼。可時日一長，義父就像變了個人一樣，他開始讓胡之銘去做一些壞事。胡之銘天生就不喜歡被人限制，義父如今的做法與當初那夥人沒啥區別。

此時，胡之銘的耳機中又傳來了說話聲。他重新戴上眼鏡調轉車頭，向目標路段駛去。

胡之銘邊開車邊思考今夜為何安排他走貨，他雖然跟了義父五年，依然不太清楚義父究竟在做啥買賣。因為義父手下的公司很多，涉及各行各業，幾乎遍布了整個海城市。他在其中幾個公司當法律顧問，日子一久也看出了些名堂。

這些公司其實都是空殼子，沒啥實際業務跟穩定的客源。可偏偏就是這樣的公司，帳面上從來沒有出現過空白，更沒有虧空的情況。胡之銘曾進行過猜測，這些公司多半就是流轉大額資金的皮包公司。

第六案　雨夜走貨

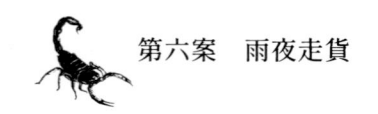

　　正思索間，胡之銘加速上前，並命令道：「我負責帶路，你們保持距離，隨時聽我命令。」

　　耳機中傳來不同的回答聲，胡之銘隨即按照擬定路線往前開，這樣是為了避免遇到某些麻煩。雨夜走貨雖說行人很少，但也保不齊會遇到交警查車。胡之銘先打頭探查路況，可以在最大程度上減少被查到的風險。

　　這些麵包車裡運送的貨物，胡之銘沒打開檢視，也不知道是什麼東西。不過，初看模樣並不是最要命的玩意兒。因為之前趁著手下在搬運時，胡之銘湊過去看了看，應該是玻璃器皿，甚至可能是古董。

　　胡之銘暗自猜了個七七八八，便不再過多糾結，帶著麵包車一路行駛，朝著目的地前行。

　　一路上平安無事。沿途不但沒交警，而且還不塞車，一夥人很快就到了指定的庫房。

　　這個庫房極為隱蔽，藏在一處工地之中。工地的大門上赫然寫著：海城市躍龍教育基地。

　　胡之銘看著大門上的字，只覺得既諷刺又無奈。果真義父不愧是老江湖，整個計畫極為周全，誰會把教育基地和藏汙納垢之地聯想到一起呢？胡之銘知道，這躍龍教育基地其實也是他義父手中的一個專案。胡之銘先環視了一下四周，此時工地上空無一人，方圓十里寂靜無比，只能聽到不遠處雨水落入江河的聲音。

　　庫房位於不遠處的岸邊，此時眾人正忙碌地從車上往下卸貨，依次搬入庫房。

　　胡之銘見雨越下越大，也下意識走入庫房躲雨。他一邊擔任監工，一邊觀察周圍的環境。

庫房占地面積很大，為典型的鑄鋼建築，有三四百平。幾大盞照明燈懸掛在頂棚上，只勉強照亮了一處地方。胡之銘發現庫房中四周沒有窗戶，僅單單在一面牆上開了一扇門。最詭異之處是這門竟朝著庫房後的江河而開。

胡之銘正想上前一看，結果身後傳來一聲巨響，所有人都同時望向了聲源處。

胡之銘皺了皺眉，方才那聲響明顯是磁器碎裂的聲音，兩名罪魁禍首早就嚇傻了。

「開箱看看貨有沒壞！」胡之銘快步走過去對二人喝道，他特想看看箱子裡有啥東西。

胡之銘話音剛落，誰知惹出事的那兩個傢伙傻看著胡之銘，完全不敢開箱。

此時，一個人突然從胡之銘身後走上來。此人名叫煬二，胡之銘知道他是義父的心腹。

煬二站在胡之銘的身旁，一臉恭敬地說道：「少爺，這兩個傢伙是新人，做事不懂規矩，我回去之後一定多管教。只是這箱子老爺特意囑咐過，沒他老人家的命令，我們不能隨意打開。」

胡之銘先是一愣，打算問一下原因。但他轉念一想就放棄了，擺擺手道：「大夥繼續搬！」

煬二見狀，微微點頭，朝著惹出事的兩人揮了揮手，叫他們過來。待二人來到身邊後，便是一人一耳光加兩腳。末了，惡聲打發二人滾出去。這麼一折騰，庫房裡幹活的人更小心了，生怕犯了同樣的錯。

胡之銘被突如其來的插曲打斷了思路，將剛才的事給忘了。等他再想起來時，倉庫中的眾人已經搬完了，站在原地等著後續的安排。

第六案　雨夜走貨

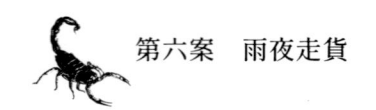

來時眾人便是分批趕至，返程自然不能亂了次序。胡之銘先分了批次，又特意錯開來時的路，兩三車一批發派出去，中間還特意隔了一段時間。他其實是想到庫房裡再看看，所以把自己留到了最後。

不過，煬二那傢伙好像有意催促胡之銘早些離開，一邊說夜深讓他早些回去休息，一邊又說庫房裡潮溼待久了身體會不舒服。可是，胡之銘依然要堅持留下。最終，他搬出了讓胡之銘打頭陣探路的由頭。

胡之銘這才明白，庫房裡猜想還有不為人知的祕密，義父在出發前肯定也叮囑過煬二。

胡之銘的內心一陣慘淡，仇恨值瞬間提高了許多，只是他並沒表現出來。煬二既然聽命於義父，多半是為了監視他。他自然不能被煬二看出自己的真正目的，免得到時在義父面前不好過關。

最終，胡之銘只能拿出少爺的派頭，朝著眾人說些「辛苦」之類的話，轉身上了車。

不過，胡之銘也明白，自己這個少爺也就是空有其名而已，從今晚的事就不難看出來。

胡之銘行駛在空曠的馬路上，發瘋一般將油門踩到底，那個老傢伙還是沒把他當自己人！

▬ 意外收穫

這場雨下了一整晚，直到天矇矇亮時雨才停，太陽現在都還沒探出頭來。

派出所裡，眾警都有些犯睏。不只是因為天氣不好，更因為那些只到一半就斷了線索的案子，導致整個派出所的氣氛都很低沉。唐海城趴到桌前翻看著材料，一邊皺眉，一邊又無可奈何。白煙煙盯著電腦螢幕，一會兒若有所思，一會兒又心不在焉，停在鍵盤上的手打了刪，刪了又打。李墨白則完全神遊，坐在椅子上不知想著什麼事。

不過，沒過多久，從刑警隊趕來的李大龍就打破了這一局面。造仿冒品照的那夥人不久前扭送到了市局。今天，李大龍過來派出所，想必案子又有了新進展。唐海城和李墨白見狀，同時起身奔向李大龍。李大龍一時間受寵若驚，還以為是得罪了這倆人要被揍一頓，險些當場抱頭求饒。誰知兩人一人一條手臂把大龍按到了椅子上，開始進行案情盤問。

唐海城是出了名的嘴快，李墨白則是天生嗓門大。二人把李大龍折磨得夠嗆，就算他想說話也插不上嘴。最終，還是白煙煙把他解救了出來，李大龍才能開口說出此行的終極目的。

「原以為就是起交通事故，可誰知越查越深，連帶著積年舊案也被翻出來了。」

唐海城等人一聽，自然為之一愣，都齊齊靜候著李大龍繼續說下文。

李大龍頓了頓，才繼續說道：「這夥人做套牌這事，可有些年頭了。前幾年，市裡就出過類似的案子，只不過沒這麼嚴重，最多就是一起交通違章。不過，當年有一件案子算超級大案，時至今日，市局的高層都還在查。當年那個案子湊巧就和本案的套牌有關。」

「什麼案子？」唐海城第一個耐不住性子，見大龍故意賣關子，便隨手給了對方一拳。

李大龍被唐海城錘得生疼，狠狠地瞪他一眼，才開口說：「當年震驚

第六案　雨夜走貨

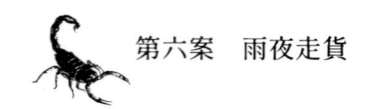

全市的『六二八案』。」

唐海城聽了還有些懵，腦子裡還在想是啥案子，卻瞧見身旁的白煙煙跟李墨白都直接緘默不語了。他抬起頭看向李大龍，李大龍砸吧砸吧嘴說：「這個案子跟古所的徒弟有關。」

唐海城聽見「徒弟」二字，便脫口而出道：「持槍弒警案？」

李大龍重重地點點頭：「對，古所和市局一直都查著呢，沒想到被你們倆歪打正著了。」

這回輪到李墨白和唐海城震驚了。李大龍也不賣關子，繼續往下說道：「當年的『六二八案』可是驚動了市局跟省廳，你們古所也因此受了牽連。要我說，那案子到現在也沒破，不是沒線索，而是線索太模糊，壓根串不起來。那一夥人作案之後，迅速逃離了現場。刑警隊的兄弟在偵破時，透過監控找到了疑犯逃竄的痕跡。本以為能順藤摸瓜，但可惜監控拍到的車牌號是虛假套牌。」

「仿冒品照就是從黃毛那夥人手裡溜出去的嗎？」唐海城小聲追問道。

李大龍點頭回答道：「不僅如此，他們還提供了線索，當時負責購買牌照的是熟人。」

這話一出，李墨白突然想起審訊時的場景。他反問道：「黃毛不是隻認出了一個紋身？」

李大龍也沒否認，繼續解釋道：「沒錯，不過這其實是兩碼事了。幾年前，毒蠍和他們有過多次合作。但自從出了那檔子事後，二者便主動切斷了連繫。這麼做的原因自然顯而易見。」

李大龍說完之後，舔了舔嘴唇道：「其實，我這次來，除了繼續調查當年的舊案之外，還有一件更重要的事。毒蠍沉寂這麼久才浮出水面活

動，局裡擔心這回的案子遠沒有表面上看起來那麼簡單。」

因為根據黃毛等人的口供，毒蠍集團陸陸續續已經買了幾十塊牌照，而且時間線相距極長，絕大部分都是半年前就成交了。換句話說，毒蠍集團至少從半年前就開始在謀劃新陰謀。

「海城，你們古所在不在？」李大龍望著唐海城突然問道。

唐海城指了指古董的辦公室，李大龍整理了一下警服，往古董的辦公室走了過去。

片刻之後，李大龍站在古董辦公室前，抬手輕輕敲了敲門，待古董同意之後才推門而入。

其實，古董在辦公室中早已等候多時了。今天一早，齊大軍就給古董打了電話，說有要事通知，言語間透露出與毒蠍集團相關。不過，來人不是齊大軍，而是他的愛徒李大龍，這倒讓古董有些意外。

李大龍清了清嗓子，然後一本正經地說：「師叔，我師父今早就把事跟我說了，先給您講下案件的進展，然後才等您進行後續的工作安排。」

古董正喝著茶潤嗓子，驀地聽李大龍一嗓子「師叔」，實在被嗆得不輕，好一陣咳嗽，把李大龍也弄得有些尷尬。其實，要說「師叔」這個稱呼，李大龍想了好一陣才想出來。算起來，古董和齊大軍以前是老搭檔，二人的年齡資歷相差不大，只不過一個選擇向上走，一個因愧疚而往下走。既然齊大軍是他師父，喊古董一聲「師叔」也合情合理。畢竟，總不能學唐海城那傢伙叫人「老古董」。

古董稍微平復了些，這才點頭示意李大龍繼續往下說。李大龍見轉到了工作上，趕忙一五一十把案件的進展全數告知。古董聽著，直接從椅子上站了起來，不停地在辦公室裡來回踱步，大腦也開始飛速運轉。

第六案　雨夜走貨

　　古董停下腳步，深吸一口氣，問道：「車牌造假犯罪集團說的那個人，你們增派人手去找了嗎？」

　　李大龍搖了搖頭，如實回答：「還在等時機。一方面，現在證據不足，只憑車牌造假犯罪集團的幾句話，還不足全信。另一方面，局裡也怕打草驚蛇。萬一不小心被那夥人察覺，就功虧一簣了。不過，局裡已派人開始暗中調查造假犯罪集團近幾年的人員往來，當然也包括本次交易的相關人員。」

　　古董想了想，接話道：「沒錯，毒蠍的人很狡猾，就怕暗查都容易被察覺。」

　　李大龍繼續補充道：「還有，那夥人似乎近期又活了。昨天晚上，舊城區那邊有動靜了。」

　　古董光一聽，整個人都覺得恍惚了，因為在電光火石間，他想到了當年的那個雨夜。

　　「那批貨自那以後一直沒出手過，到現在已經三四年了，毒蠍那邊肯定著急得很，我們等的就是這個時機，再狡猾的狐狸也有露出尾巴的時候！」李大龍話語中帶上了幾分自信，但片刻後又繼續勸慰，「師叔，其實市局的高層也一直關注著『六二八案』，肯定會還凱茂兄弟一個公道。這麼多年來，師叔這邊和市局已經掌握了不少證據，之所以一直沒有動手，就是要將毒蠍一擊致命，等再次交易抓現行，新仇舊恨咱跟他一起算！」

　　古董聽著，面無表情地點點頭，因為他整個人早已失神。這些年，他雖然也在暗中進行調查，可惜沒有多少收穫，看來還是能力有限。高層們雖然也有查，可從來沒讓他知道。不用說他其實也明白，上面是怕古董太魯莽，耐不住性子，做出更過火的事。

意外收穫

　　如今，眼看勝利在望，古董居然才知道情況，難免會百感交集，卻又忍不住暗罵齊大軍這個傢伙。難怪他不親自來說明情況，非安排李大龍來說，原來是有些話以他的身分不能說，多半也怕說了會被古董揍。

　　古董望著李大龍說：「大龍，回局裡跟你師父說一聲，我能沉住性子，絕不給他惹麻煩。」

　　李大龍正色道：「好，師叔，那我就先回去了，師父還等著我彙報情況呢。」

　　古董目送李大龍出了辦公室，自己坐到椅子上，雙眼卻看向桌上他和郭凱茂的那張合影。

　　辦公室外，李墨白等人見李大龍出來，均是打招呼示意。唯獨唐海城一人趴在桌子上，腦袋裡不知道想著什麼事。李大龍故意拐了個彎走過去，用手拍了一下唐海城的腦袋，隨後才心滿意足地離開。

　　其實，李大龍這一趟帶來的消息讓大夥十分振奮。唐海城不禁暗想，若車牌造假犯罪集團所言非虛，不但當下的交通肇事逃逸案能破，連同當年的「六二八案」也能破。如此意外的收穫，真是讓人意想不到。

　　吃過午飯後，唐海城又想起一件事，便問道：「白煙煙，你最近跟胡之銘還有連繫嗎？」

　　「有連繫，這事我不想跟你多聊，畢竟是我個人的私生活。」白煙煙看著唐海城回答道。

　　「好吧，那我不多問就是了。」唐海城丟下這句話後，便趴在桌上開始午休。

　　一旁的李墨白跟小顧見狀，齊齊鬆了一口氣，幸好唐海城這傢伙沒打破砂鍋問到底。

第六案　雨夜走貨

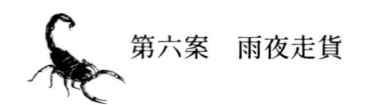

一 死無對證

午睡完的唐海城仔細想了許久，他覺得李墨白說得沒錯，人要有分寸感和知道避嫌。

唐海城承認自己之前太衝動，想到啥就說啥。雖然是為了白煙煙好，但最終卻不歡而散。

於是，最近一段時日，唐海城再也沒提起胡之銘，也沒故意去打擾白煙煙。

唐海城的內心很鬱悶，決定找死黨李大龍一起吃頓飯，而且還承諾自己請客。

李大龍一聽唐海城要大放血，算了算自己的值班時間，把這頓飯約到了後天。

這李大龍最近確實很忙，每天除了走訪調查外，還要負責審訊做筆錄，以及調閱卷宗。雖然一天有二十四小時，卻忙到他恨不得多長一雙手跟一個腦袋。相比起來，唐海城就要幸福多了，雖然也並不輕鬆，可遠沒有李大龍的工作量大。

唐海城原以為這頓飯確實要一陣子才兌現，結果才過一天，李大龍就給他打電話了。唐海城雖然一邊心中罵著死胖子一頓也落不下，但也很痛快地答應了下來。等下班後，二人就約到小吃街碰面。

不知不覺就到了下班時間。唐海城俐落地收拾好東西，準備動身預約。他無意間抬頭一瞥，只見白煙煙也聊著電話，臉上滿是笑意。唐海城就光看錶情，都能猜到跟白煙煙通話的那個傢伙是誰。

一時間，唐海城不知所措。他不知該怎麼開口提醒白煙煙，也怕說得

不好引發矛盾。

最終一咬牙，唐海城還是決定多一事不如少一事，趕緊溜出派出所，朝著小吃街奔去。

幾分鐘後，唐海城到了小吃街。李大龍早已候在小吃店門口了，開口罵道：「海城，我還以為你小子良心發現了，看看你這愁眉苦臉的樣子，不就是請我吃頓飯嗎？」

唐海城被大龍這麼一說，也不禁臉色通紅。說實話，唐海城還真不是因為請吃飯而心事重重，主要還想著胡之銘和白煙煙的事。李大龍見唐海城臉色不對，想著自己的好兄弟多半是被上司罵了，便拍著唐海城的肩膀說：「算了，看在你小子主動約我的份上，我就不計較了。今天還是老規矩——我請客，你買單。」

唐海城打掉李大龍的手，無奈地搖了搖頭，看得大龍一陣無語。

李大龍一看這是有事兒，趕緊拉著唐海城進小吃店坐下，打算邊點吃的邊聊。

「海城，我看你最近狀態不太好，又遇上啥鬧心事了？」李大龍主動發問道。

唐海城猶豫了一會，連忙打著哈哈道：「其實也沒啥，就是工作比較忙，破事太多了。」

李大龍一聽，直接就樂了，隨口調侃道：「你可拉倒吧，你小子還敢和我比工作忙？我這幾天忙成這樣，都沒變成你這個鬼樣子。你既然不肯直說，那我就盲猜一下。你是破財了？還是失戀了？」

唐海城聞言，直接破口大罵：「死胖子，閉上你的臭嘴，都說了是工作上的事。」

第六案　雨夜走貨

　　李大龍笑了笑，開始點菜。唐海城也趁機問道：「你今天怎麼突然有空了？最近不是很忙嗎？」

　　李大龍先長嘆一口氣，又在選單上劃了兩道菜，數了數覺得差不多夠吃了，這才心滿意足地把選單交給一旁的服務生。唐海城趁著空隙瞥了一眼，知道今天是真的要破財，不禁又是一陣肉疼。

　　「說來話長，查到中途，線索居然斷了。」李大龍神情嚴肅地說道。

　　唐海城一聽情況不對，急忙追問：「這線索怎麼突然斷了？你上次不是說一切順利嗎？」

　　李大龍往自己的茶杯裡倒了點水，喝了一口才說：「可人都死了，還怎麼往下查？」

　　唐海城感覺案子越來越複雜了，皺著眉問道：「誰死了？」

　　李大龍無奈地聳聳肩道：「唉，就是之前跟黃毛交易的人死了。」

　　見唐海城沒聽明白，李大龍見四下無人，壓低聲音繼續說：「原本確實是有線索了，如果不出意外，猜想現在那傢伙都落網了。可偏偏關鍵時刻掉鏈子，省廳和市局聯動暗中一頓猛查，確定黃毛那夥人交代的是真的，交易來往也不假，嫌疑人也的確存在。可最麻煩的是早在三年前，嫌疑人就已經死了！」

　　唐海城氣上心頭，破口大罵道：「這群孫子，非得等死無對證了才開口！」

　　大龍被唐海城逗笑了，一邊吃一邊安撫：「莫生氣，毒蠍那夥人遲早也要被我們抓了！」

　　唐海城連連點頭，又繼續發問：「查清嫌疑人的具體死因沒？」

「據說是自殺，這事還有待驗證，隊裡的同事還在查，我估摸著不太可能是自殺。」

說話間，服務生上了兩盤菜。兩人都很有默契地同時閉嘴，等服務生走後才繼續聊。

「這事還能撒謊？難不成被人殺了還要替凶手保密？」唐海城面帶疑惑之色問道。

李大龍意味深長地看了一眼唐海城，沒有正面回答這個問題，留給唐海城自己回味。

唐海城靜下心仔細思索，待他徹底想明白之後，直接泛起了一身的雞皮疙瘩。

過了好一陣，李大龍先吃了點菜，才繼續往後說：「這個傢伙原本是毒蠍裡的一把好手，自『六二八案』之後，就直接銷聲匿跡了，局裡其實早就盯上他了。可現在這麼一看，並非那傢伙有本事，而是沒命繼續折騰了。」

李大龍惡狠狠地說：「這種人自己的仇家也多，突然死了很正常！」

唐海城非常不解，他反問李大龍道：「但這傢伙人都死了，還有啥不敢說的呀？」

話說出口，唐海城就明白了，有些事說出去會禍及家人，畢竟犯人也有想守護的人。

李大龍一臉鎮定之色，他仔細分析道：「海城，如果那傢伙的死確實有問題，反而是幫了我們。只要查出他真正的死因，幕後黑手就算想躲都躲不掉。什麼叫順藤摸瓜，你到時就知道了。」

李大龍一邊說，一邊得意地笑著：「雖然查清這件事不容易，可大不

第六案　雨夜走貨

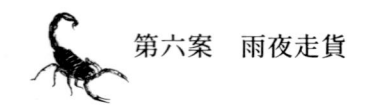

了我們多費些時間。」

此時，菜已全部上齊。二人吃過飯後，唐海城負責結帳，然後打算著各回各家。結果，李大龍的手機響了起來，一看居然是局裡高層找他。飽餐一頓的李大龍戰力十足，聽到「加班」二字就像打了雞血一樣，走到路邊隨手攔下一臺計程車趕回局裡加班。

唐海城想著回家也沒什麼事做，索性在街上閒逛了起來，他好久沒這麼輕鬆過了。看著街邊的投幣遊戲廳，唐海城突然很想打遊戲發洩一下，便掏出十塊錢對老闆說：「老闆，給我換十個遊戲幣。」

話音剛落，周遭的人用古怪的目光掃過唐海城，彷彿在看外星人。老闆想必也沒見過這麼扣門的傢伙，十個遊戲幣怕是兩把都玩不到。不過，唐海城卻沒當回事。畢竟，他自認還算遊戲高手，十塊錢能玩很久了。

接過遊戲幣，唐海城大搖大擺走進去，隨便選了一臺街機坐了，火熱地投身到遊戲世界。

猜想是太久沒打遊戲，唐海城總覺得今天的街機不太順手，怎麼打都沒手感，一開始就連連敗退。不到半個小時，手裡的遊戲幣便只剩兩個了。唐海城一邊暗罵，一邊繼續投幣，沒想到這把更衰，遊戲幣直接被機器吞了。唐海城不信邪，又把最後一枚投進去，結果還是被吞。

唐海城正欲起身和老闆理論，見身邊有幾人在笑他，霎時間老臉一熱，只能訕訕離去。

唐海城離開時沒注意到，遊戲廳的深處有幾個人在暗處觀察他。那幾個人見唐海城離開，也跟著一起走出遊戲廳。這夥人的身形乾瘦，身上的社會氣息很濃，不知為何就盯上了唐海城這個警察。

走過一段路之後，唐海城也發覺了一些異樣，開始悄悄觀察，注意到

身後有幾個人正在跟蹤，心中自然也是一驚。這種事其實他自小沒少遇見，不是挨頓打，就是被掏空腰包。原以為長大後就不會再遇了，可沒想到今天還能碰上這種事。

唐海城心中一陣怒罵，罵著罵著突然醒悟了。他現在是一名警察，難不成還怕幾個社會人？想到此處，唐海城的腳步加快了不少。他一邊偷瞄身後幾人的動向，一邊往人多的地方走。小吃街其實離唐海城家不遠，好在一路上人也不少，只是快到家時會有些偏僻。即便如此，這夥人也不敢對警察下黑手吧？

正想著，唐海城就到了那段人少的路。幾人依舊緊隨在後，甚至還加快了步伐。

唐海城又很惱火，想著馬上就要到家了，難道這些傢伙還想跟著一起進門不成？

與其這樣，還不如直接捅破窗戶紙，沒必要假裝不知情了。唐海城迅速轉過身，與背後的幾個跟蹤者特意打了個照面。那幾人倒也不覺得意外，臉上依然嬉皮笑臉，還是沒停下前進的步伐。

「哥幾個，找我有何貴幹？」唐海城說著，還故意亮了亮自己的警官證

其中一個年紀較大的走到唐海城身旁低聲說：「沒事，我們認錯人了。」

唐海城聽著一頭霧水，唯有訕笑道：「原來如此，我長得很大眾臉，難免會被認錯。」

幾個人大笑著與唐海城告別，給唐海城一種說不出的怪異之感，彷彿一切都是故意為之。

第六案　雨夜走貨

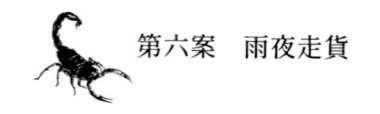

一　風雨欲來

　　位於市中心的一家日料店裡，白煙煙與胡之銘相對而坐。胡之銘今天穿著一身休閒得體的西裝，看起來極為爽朗帥氣，金絲框的眼鏡讓他顯得更加儒雅。玄關外傳出陣陣三絃樂聲，將氣氛調節得恰到好處。

　　白煙煙抬眼看了看胡之銘，覺得自己有點看不透眼前這個人，總有一種不真實感。

　　「煙煙，我不常來日料店，點菜就交給你了。」胡之銘將選單交給白煙煙，自己微笑著坐到一旁。白煙煙接過選單，一邊翻看一邊和胡之銘閒聊，聊天內容就是最近過得怎麼樣，工作忙不忙。白煙煙滿懷心事，明顯有些狀態不佳，一句話翻來覆去說，連胡之銘也發現了她的異樣。

　　胡之銘試探著問了一句：「煙煙，你身體不舒服嗎？」

　　白煙煙只能找個藉口搪塞道：「可能是最近工作太累了。」

　　胡之銘聞言，微微一笑說：「我們煙煙現在是警察，但再忙都要注意身體啊！」

　　白煙煙小臉泛紅，翻閱著選單道：「好，我先看看有什麼菜。」

　　另一邊，胡之銘的手機突然響了一下，但胡之銘並沒理會。

　　白煙煙記下自己愛吃的菜後，開口問道：「不回訊息沒關係嗎？」

　　胡之銘搖搖頭答道：「沒關係，我早就下班了，現在是專屬於我們的約會時間。」

　　白煙煙聽著，不禁愣了愣神，一股不可言說的甜蜜感從內心升騰而起。連她自己都不清楚從何時起，胡之銘說話越來越直接了。畢竟在白煙

煙最初的印象中，胡之銘根本不可能說這種油嘴滑舌的話。

白煙煙回以淡淡的微笑，然後隨口問道：「你最近怎麼樣？我猜你應該也很忙吧？」

胡之銘笑了笑，端起茶杯喝了一口：「其實都忙，畢竟我的情況你也清楚，不拚命不行。」

白煙煙繼續追問：「你的客戶都是哪些公司？我看後面有沒機會給你介紹業務。」

胡之銘抬手推了推鼻子上架著的眼鏡兒，開口說出幾家公司的名字，大多是海城有頭有臉的大公司。白煙煙一邊聽一邊做驚訝狀，也暗中記了下來，打算回去找機會考核一下。

「我們出來吃飯，先不談公事了。」胡之銘看著白煙煙，話鋒一轉，「你點好菜沒？」

白煙煙趕忙點了些菜，將選單交還給胡之銘。胡之銘粗略掃了一眼，便起身出去點菜跟提前結帳。白煙煙獨自坐在榻榻米上，腦中仔細回想著不久前的交流細節，並沒發現怪異之處。

正思索間，胡之銘已經歸來，坐回原位。不久，服務生也開始上菜了。

「看起來挺好吃，難怪那麼多人推薦。」胡之銘讚不絕口，示意白煙煙先動筷。

白煙煙霎時間想通了某些事，因為今天這頓日料的時間節點，實在是太過湊巧。

「煙煙，你發啥呆呢？趁食物還新鮮，趕緊起筷開吃！」胡之銘再次催促道。

第六案　雨夜走貨

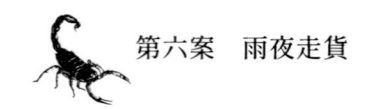

「對不起，之銘，我今天有些不舒服，改天換我請你吃。」白煙煙放下筷子，起身離去。

胡之銘看著白煙煙遠去的背影，臉色越來越難看，他不確定自己有沒有露出破綻。

白煙煙走在來人來往的商業街上，只覺得心寒刺骨。因為白煙煙確實說過她想吃日料，但好的日料昂貴且還需提前定位，她嫌這東西太麻煩就一直沒吃上日料。但這些話她根本沒對胡之銘說過，只是她入睡前，看著美食影片發過牢騷。

此時此刻，先前的那家日料店中，胡之銘正陰沉著臉，獨自坐在榻榻米上享用食物。

不一會兒，胡之銘的手機又響了好幾下。他此時唯有邊吃邊拿起手機閱讀簡訊。如果此時白煙煙在場親眼目睹簡訊內容，肯定會大吃一驚。簡訊內包含了大量的照片，而照片的主角正是唐海城。

照片中的唐海城跟幾個社會青年有說有笑，甚至還竊竊私語，關係很是要好的樣子。

胡之銘看完照片後，撥通了一個電話，開口便讚揚道：「你們做得不錯。」

只聽一個公鴨嗓說：「少爺過獎，這種事我們常做。那小子沒啥戒心，要搞他太容易了。」

胡之銘面帶笑意繼續說：「回頭抽空過來領賞，我還有事要讓你去辦。」

公鴨嗓回答道：「謝謝少爺，少爺您只管繼續安排，我們一定拚命辦好。」

胡之銘臉上的笑意越發濃了，他端起桌上的茶杯說：「想個辦法，把那小子變成自己人。」

話一出口，電話的另一端沉默了幾秒，小心翼翼地開口問道：「少爺，這⋯⋯恐怕有些難。不過，您既然開口了，我們自當盡全力替您辦事。如果最後實在沒辦成，希望您不要責罰手下的弟兄們。」

胡之銘放聲大笑道：「哈哈哈，我是想搞臭他的名聲，而非讓他真的變成自己人。」

公鴨嗓聽後，恍然大悟道：「少爺，您的意思我明白了，這事我會替您辦好。」

胡之銘輕「嗯」了一聲，直接結束通話電話。他臉上的表情跟獵人一般，充滿了期待，又不乏玩味。片刻之後，他彷彿又想到了什麼事，打開手機將那些照片轉發出去，才心滿意足地起身離開。

俗話說，山雨欲來風滿樓。也許現在正處於漩渦中的幾人，還無法看清自己的處境。

一棟上等的辦公室頂層的辦公室中，年邁老者的手機也震動起來。他打開手機看著義子發出來的簡訊，然後頗為激動地說道：「胡之銘，不枉我辛苦栽培你這麼多年，希望我的復仇計畫能順利完成！」

隨後，一陣劇烈的咳嗽聲傳遍全屋。老者撐著虛弱的身體走到一張辦公桌前，拉開抽屜，取出一張合照，不禁看溼了眼眶。片刻之後，老者便將心中的悲痛拋到腦後，重新燃起了熊熊的復仇之火，用無比陰森的語氣說道：「我雖然沒什麼時間了，但是你們這群警察也別想好過，大不了同歸於盡！」

第六案　雨夜走貨

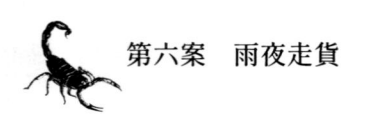

第七案
眞假龍三

一旦開始撒了一個謊，就再也不知道如何停止。

—— 馬克・李維

第七案　真假龍三

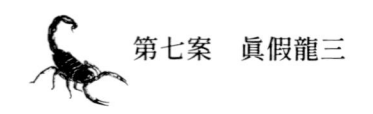

一 引子

　　齊大軍舔了舔下嘴唇道：「省廳和市局都一致認為，本次的幕後主使是龍三。」

　　古董聽著十分愕然，繼續追問：「有人見過龍三？」

　　齊大軍搖了搖頭，捧起茶杯又喝了一口：「沒有，龍三一直都神出鬼沒。即使是有行動，也只會安排手下的人去賣命，他很少親自出面。」

　　古董聽著有些鬱悶，重重地敲了敲桌子：「不對！你們到底是怎麼展開的調查？龍三既然是幕後主使，自然是交易中最大的頭目。他即便再小心，總會有露出馬腳的時候，怎麼可能這麼久都沒被我們的人查到？」

　　齊大軍也主動道出心中的疑惑道：「老夥計，實不相瞞。自從凱茂走了之後，我一直暗中調查。可查了這麼多年，龍三彷彿徹底銷聲匿跡一樣，半點有關他的行蹤都查不到，這根本不合常理。」

　　齊大軍頓了頓，繼續問道：「你當年調查時，查沒查到龍三身邊還有什麼關鍵人物？」

　　古董仔細想了很久，才回答道：「沒有。龍三這個人疑心很重，而且仇家也非常多。他身邊一直都沒留什麼人，只有侯亮這一個心腹。聽聞是因為侯亮之前為了救他，被人剁了一隻耳朵。」

　　齊大軍開始大膽假設道：「這個龍三多年不現身，莫非他跟侯亮一樣也死了？」

　　古董頓時恍然大悟道：「對，有這個可能。一個人想不被查到，只能像侯亮那樣變成一個死人！」

■ 全程監聽

　　深夜時分，白煙煙躺在床上難以入眠，心中的不安又加深了許多，開始反思自己的某些主觀判斷是否正確，或許唐海城之前說的話並非無中生有。從她與胡之銘重逢那一刻起，她其實也察覺到了異樣。不是久別重逢的生疏，而是從未有過的陌生感。他的衣著打扮跟言行舉止，都好似換了個人。

　　想到此處，白煙煙才發現自己一直以來都忽略了一件很關鍵的事。消失四年多的胡之銘當初是被何人領養走了？他這些年裡又經歷了什麼事？當年胡家突逢變故，又是因何而起？

　　白煙煙試圖努力回想，將零散的記憶碎片艱難拼合。在她的記憶中，胡之銘家境頗好。上學期間幾次同學聚會，胡之銘出手都很大方。據說是因為胡家在做大生意，胡父也算一個小有名氣的人。

　　可白煙煙還是沒想起胡父的姓名。她翻身下床，走到客廳中央，見自己的媽媽還沒入睡。

　　白煙煙的媽媽戴著老花眼鏡，正靠在沙發上看電視。她側著臉問道：「煙煙，你趕緊去睡覺吧，明天不是還要上班嗎？」

　　白煙煙揉了揉頭髮，坐到母親身邊撒嬌道：「有點失眠，我陪您看會兒電視吧。」

　　白煙煙的媽媽用手颳了刮女兒的鼻子，笑著說道：「你別打馬虎眼，要問啥趕緊問。」

　　白煙煙吐了吐舌頭，問道：「媽，我高中有個同學叫胡之銘，這人您沒忘吧？」

第七案　真假龍三

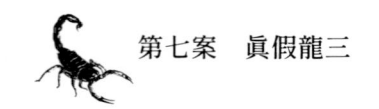

　　白母低頭看了一眼自己的女兒，思索了一會兒，回答道：「沒忘，我記著確實有這個人。」

　　白煙煙很是吃驚，驚訝地反問道：「媽，你記性這麼差，居然還能記住他？」

　　白母點了點頭，然後很感慨地嘆息道：「唉，說起來，這事還跟小丫和你王姨有關。」

　　這個小丫是白煙煙鄰居王姨的女兒，高中和白煙煙同級不同班，而王姨是當時的萬事通。

　　「那時候，你王姨老愛和我說，讓你跟小丫離胡之銘遠一點兒。開始，我以為是胡之銘有什麼壞毛病。可後來我到家長會上見了他，看著長得挺白淨秀氣，也不像啥壞人。」母親皺了皺眉，「雖然胡之銘他爹不是啥好人，可這關孩子什麼事？」

　　「媽，胡之銘他爹怎麼了？」白煙煙趕忙問道。

　　「胡之銘他爸當時是個大混子，反正不是善類。」白母摘下眼鏡，輕闔了闔眼皮，「聽你王姨說，這男人身上的麻煩債可不少，搞不好還有人命在身。」

　　白母說著便停了下來，盯著自己的女兒問道：「不對，你怎麼突然提起這傢伙來了？」

　　白煙煙如實回答道：「沒啥，我前兩天碰到他了，聽說他家出事了，所以才問問您。」

　　白母停了一臉愕然，連連搖頭說道：「唉，這也真的是自作孽不可活。胡之銘他爸混社會，出事只是遲早的問題，只希望那孩子別走了他爹的後路。正所謂人生如棋，一步錯步步錯！」

白母這一番話直擊白煙煙的內心。她暗想，若胡之銘真的走錯路，該怎麼挽救呢？

　　「媽，你知道胡之銘他爸叫什麼名字？」白煙煙小聲問自己的母親。

　　「他爸叫胡浩天。」白母嚴肅地盯著自己的女兒，「丫頭，你是不是遇上啥麻煩了？」

　　白煙煙有些驚愕，搖頭否定道：「媽，我就是好奇想問問，我一個警察能有啥麻煩？」

　　白母還是不放心，開始對白煙煙千叮萬囑，說了半個多小時，最後實在太睏才回房休息。

　　可白煙煙卻心頭大亂，也不知能和誰傾訴，又回想起不久前的那頓日料。胡之銘恰到好處的關心毫無溫度，反而讓人寒意更甚。

　　白煙煙決定給唐海城提個醒。她打通唐海城的電話後，開口問道：「睡了嗎？」

　　唐海城在電話那頭，望著電腦的螢幕回答道：「我還沒睡，你找我有什麼事？」

　　白煙煙直入主題追問道：「你上次說查胡之銘，有查到什麼東西？」

　　唐海城也沒多想，直接如實回答：「胡之銘的身分很可疑。」

　　白煙煙拿著電話，遲疑片刻，才繼續發問：「那你有沒查到他的家庭背景？」

　　唐海城「嗯」了一聲，將查到的東西全盤道出，結果卻讓電話那頭的白煙煙陷入了沉默。

　　白煙煙聽著唐海城的講述，與她從母親口中聽到的沒啥差別，但並沒

第七案　真假龍三

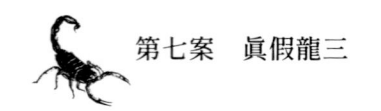

深入調查胡浩天。

白煙煙有些不甘心，便追問了一句：「還查到什麼別的東西？」

唐海城伸了個懶腰，回答道：「沒了，因為我現在也是一頭霧水。」

白煙煙主動請求道：「那我拜託你查查他爸胡浩天，有啥結果記得告訴我一聲。」

唐海城很爽快地回覆道：「行，有結果我第一時間告訴你。」

二人的通話到此結束，而唐海城整個人還有點懵，不明白白煙煙怎麼突然支持他查胡之銘了。最近，唐海城只查了胡之銘與毒蠍公司之間的關係。那個叫胡浩天的男人，他還沒時間深入調查。

唐海城覺得，既然是白煙煙所託，那就先查胡浩天好了。他放下手機，繼續操控電腦。

可這兩個人誰也不知道，剛才的那通電話內容已被胡之銘聽得一清二楚，還是因為不久前川菜館中，胡之銘趁白煙煙跟服務生去換衣服時，偷偷在她手機中裝了一個軟體。當時的胡之銘只需坐在家中，戴上耳機就能監聽白煙煙的手機。

當胡之銘聽見白煙煙親口說出讓唐海城調查胡浩天時，他的心情莫名開始失落。雖然早就料到如果有人懷疑他的身分，警方肯定會開始著手調查，可真到了這一刻，也還是讓他相當難過。

胡之銘捫心自問，拋去義父吩咐的那些事，他從沒想過要對白煙煙如何。

這些日子裡，胡之銘苦惱且憤怒，特別不甘被義父安排去做那些壞事。所以，他每一次和白煙煙約會，總將自己最好的一面展現給她。除去為了減輕自己對白煙煙的負罪感，當然也與真心有關。

義父做局讓他在白煙煙的手機裡裝軟體時，胡之銘也有自己的私心。重逢之後，他能感覺到白煙煙對自己的生疏。若能借助這次機會，多了解白煙煙，然後成功與她親近，化解二人之間的隔閡，其實也算一件好事。

　　胡之銘站起身，動作雖然依舊沉穩，臉上卻多了幾分焦慮，他的身分猜想瞞不了太久。

　　假如身分曝光，他跟白煙煙就會立刻變成敵人，而且義父吩咐的任務，他還沒完成。如果失敗，那麼他請求義父的事也會竹籃打水一場。非但如此，胡之銘因此還可能會再回到那個地方，過著暗無天日的生活。

　　胡之銘的雙瞳緊縮，抬頭盯著對面的照片牆，牆上分別排列著白煙煙、唐海城、李墨白三人的各類照片。他闊步走上前去將唐海城的照片從牆上撕下丟到地上，狠狠地用腳碾壓，然後破口罵道：「如果不是你這個廢物，這些麻煩壓根就不會出現！」

　　胡之銘的聲音充滿了憤怒。自從與白煙煙重逢起，一切就已經掌握在他義父的手中了。義父替他安排好了一切，包括每一次的見面跟每一回行動的時間、地點。義父命令他接近白煙煙，好探清她身邊的那些人，尤其是李墨白與老古董。

　　按照義父的計畫，是在白煙煙與李墨白身邊安插眼線，可唯獨把唐海城輕視了。

　　胡之銘的腦子開始飛速運轉，很快就想出了另一個歹毒的計畫，他要讓唐海城這個人徹底消失。他面目猙獰地冷笑道：「本來義父打算放你一馬，可你一心想找死，那我就大發慈悲成全你！」

第七案　真假龍三

一 真假龍三

　　海城市警局依然燈火通明。明明已是深夜時分，可局裡的警察們個個都是精神百倍。

　　這其實跟暗中跟了幾年的「六二八案」有關，因為案子即將真相大白，難免讓人振奮。

　　李大龍坐在座位上，正仔細整理著資料跟檔案，他不久前跟唐海城說的話居然成真了。

　　經過市局幾位專家的輪番審訊之後，車牌造假犯罪集團的黃毛扛不住壓力，最終供出了那位老熟人。黃毛說此人名叫侯亮，三年前自殺身亡。然而，黃毛口中的侯亮，對於古董而言可謂相當熟悉，也算是他的老熟人。所以，今夜市局召開的夜間大會，古董自然也有份參與。會議結束之後，又繼續展開後續的調查工作。

　　「老夥計，萬萬沒想到這個龍三身邊的一把手居然死了。」齊大軍說這話的時候，臉色有些難看，他看著古董繼續往下說，「原本我還指望從他嘴裡套出一些有用的情報，現在看來不可能了。」

　　古董的思緒又回到了許久之前。他組織好語言後，才開口道：「這個侯亮，我之前和他打過照面。你還記不記得當年我們對毒蠍的人展開過一次抓捕行動，最後因為證據不足，才把人都給放了回去。」

　　齊大軍點了點頭：「我記得，這夥人剛放回去沒多久，就出了凱茂那件事。」

　　古董繼續說道：「當時，我跟凱茂抓的那夥人裡就有侯亮，我對他的印象特別深。」

「師叔，侯亮知道那麼多事，他不會被毒蠍的人滅口嗎？」李大龍小心翼翼地問了一句。

齊大軍側過臉，瞪了突然插嘴的李大龍一眼，十分不滿他出言打斷古董的話。

古董倒不在意，耐心回答道：「不排除這個可能，因為走訪的結果前後有變。」

李大龍點點頭說：「對，侯亮家人開始說他是自殺，現在又說他遭人陷害，做了替死鬼。」

齊大軍不禁皺了皺眉說：「這家人倒是可憐，家裡孤兒寡母。侯亮三年前死後，妻子就一直帶著他那半大小子獨自過了。聽侯亮的老婆說，自家裡男人死後，她成功拿到了一筆錢，要求對外說侯亮是欠債自殺。」

「問題應該就在這筆錢上。」古董用手敲了敲桌子，「必須查出給錢的人是誰！」

「應該是毒蠍的人，我們去查了，可惜沒查出啥結果。」李大龍十分不甘地說。

齊大軍喝了一口水道：「封口費有兩種原因，一種是跟利益掛鉤，另一種是保守祕密。」

「光論以侯亮跟龍三的這種特殊關係，利益跟保密可能二者並存。畢竟，侯亮跟了龍三那麼多年，大大小小的事都經手了不少。」古董分析完之後，又看向一旁的李大龍，「關於這一點，你們審出什麼東西沒？」

李大龍搖了搖頭：「暫時還沒有。現在的這些線索，都是侯家母子悄悄提供給我們的。」

「毒蠍近些年雖然一直沒啥大動作，但私下裡的小動作從沒停過。不

第七案　真假龍三

久前，他們的那個行動，查明是什麼原因了沒？」古董見侯亮一個問題上沒啥突破性進展，便又回到了另一個問題上。

李大龍將手邊的資料遞給古董。古董一邊仔細看，一邊聽李大龍給自己彙報。

「當年『六二八案』展開的那個打假行動，並沒成功截獲那批假文物。所以，上頭一直都有暗中關注這批貨的動向。據我們之前收到的可靠消息，這批假文物總價值高達九千萬。所以，毒蠍集團絕不可能輕易放棄，一定還會尋找時機將貨出手。」李大龍說到這裡，起身到白板前，將一張海城市的地圖一把拉下。只見城市地圖上畫著大大小小的圓圈，甚至有不少圓圈還連成了線。

「從去年開始，我們發現了那批貨的蹤跡。毒蠍集團內部應該是出了一些問題，當年的造假文物有一些居然流入了市場。我們順藤摸瓜找到了相關的接頭人，但可惜並沒確切的證據與完整的線索鏈。」

李大龍又指著白板上的一張照片說：「市裡的古玩交易市場還出現過造假文物，這些地點我在地圖上已經做了相關的標註。經過我們的專業分析，這些流入市場的假貨應該屬於就近存放。」

「你的意思是每一處售假地點附近，都有存放假貨的倉庫？」古董看著照片提問道。

李大龍聽著，卻搖了搖頭說：「不，我們發現了一個規律，所有的倉庫點都圍繞著海江。」

在場者都知道海江是海城市的一條主河，平時主要用於水上運輸，還有超長的海江大橋。

李大龍指著其中一個標記點說：「經過我們的反覆分析，才摸清了這

裡面的門道，由 A 點開始，造假文物出現的時間呈遞增態，平均相隔一週，途中經 BCDEF 五個大點，而造假文物最終出現的地方為 G 點。」

古董經過這麼一提醒，才看明白了這張特殊的地圖。原來，毒蠍一直都在暗中出售這批天價假貨。如果按李大龍的推斷來看，那麼 A 點附近，便是毒蠍存放贓物的總庫，總庫依靠江邊，順流而下依次到達另外幾個點，而運送贓物的方式很有可能是水運。這夥人實在太過狡猾，每一次運送貨物之後，都會間隔一段時間，分別保證每一個銷贓處的安全，待貨物到達銷贓處分點後，再進行分配，然後發散到各處。

「毒蠍還會組織手下定期挪動存貨，避免被一把端掉的情況。」李大龍又調出另一張表的投影，其中 A 到 F 點出現頻率有所差異，他指著 F 點繼續說，「他們會定期將存貨的總倉庫進行轉移，前幾日的那次行動便是最近一次的挪動。」

古董聽出了一些問題，他打斷李大龍，接話道：「他們轉移的方式和時間間隔有統計？」

李大龍點了點頭，回答道：「平均每兩個月，毒蠍就會將貨物轉移一次，均是透過水運。」

「那為何這次，他們採用汽車運輸？」古董指著手邊資料上的照片，照片中有幾輛麵包車趁著夜色行駛在雨幕中。

「原因暫時不明，但根據最近一年毒蠍的銷贓頻率與數量，應該快賣完了。」李大龍說。

古董出言反駁道：「什麼叫應該？沒有實質性情報，你們怎麼敢隨便做行動計畫？」

李大龍被古董突然嗆了一句，有些難堪，也生出了怯懦，轉身去看向

第七案　真假龍三

齊大軍求助。

齊大軍擺了擺手，示意李大龍不要說話。他趕忙朝古董打了個圓場道：「老夥計，你別忙著抱怨，我知道你的意思，如果沒有萬分的把握，我們絕不會輕易行動，拿任何一位夥伴的生命安全做賭注。」

古董張張嘴，似乎還想說什麼，最終還是沒能說出口。畢竟，他還是要給齊大軍留些面子。

齊大軍見古董神情有異，自然清楚後者又開始內疚當年的事了。當初，古董就是一心想要完成任務，徹底抓光毒蠍集團，才考慮不周，與郭凱茂中了毒蠍的陰謀。齊大軍站起來，用手拍拍古董的肩膀，示意他稍做休息，待會兒再繼續考慮下一步的行動計畫。

李大龍見情況不對，經齊大軍批准跟另外幾位參會者一起離去，最終只剩下了兩人。

「老夥計，要不來一杯龍井？我前幾天從老黃那搞回來的珍品。」齊大軍從桌下掏出一小罐茶，一邊沖泡，一邊觀察古董的表情。

齊大軍之前不同意告知古董行動的詳細，就是擔心古董性子急，耐不住，欠考慮。即使是前幾天接到了上頭的通知，他也不敢讓古董知道太多。只是如今越往下查，發覺越需要古董，迫於無奈才請他過來。

古董見齊大軍把茶端到他面前，才開口反問道：「這回省廳有啥打算？」

齊大軍喝了口茶說：「獵蠍計畫該收網了，只是時機問題，畢竟要占齊天時地利人和。」

隨後，古董也跟著喝了口茶，又翻起桌上的資料來，邊看邊分析道：「我看資料上顯示毒蠍這回是急著要出貨了，從數量上看剩下的造假文物

多半還剩一半不到，他們又連繫到了新買家？」

齊大軍放下茶杯回答道：「對，省廳的高層也認為這批貨應該是找到新買家了。雖然這批貨之前出過問題，容易惹火上身，但這批貨價格低不說，數量還特別多，隨便轉個地方，重新好好包裝一下，就什麼都看不出來了。」

古董自然能聽明白齊大軍的話外之意。對於毒蠍集團而言，就算有再大的麻煩，只要其中有利可圖，就一定會有人敢鋌而走險。更何況，這批貨的事已經過去幾年了，除了古董這些警察，還有誰會記得呢？

「現在，我們要做的就是趕在他們交易之前，想盡一切辦法將其一網打盡，爭取能抓個現行犯！」齊大軍說這話時，臉上是一副大快人心的表情。他洋溢的情緒也感染了古董，連帶著周遭的氣氛都舒緩了不少。

古董頗為謹慎地分析道：「不過，我還是覺得這裡頭有些問題。」

齊大軍也連連點頭：「我明白你的意思，問題目前肯定存在，因為現在即使有最新的消息，我們也不敢貿然相信。畢竟，之前已經有過一次血的教訓，我們絕不可能在同一處犯錯兩次！」

「最大的問題不是在這些細碎的事情上。」古董的憂慮再次被勾了起來，他注視著齊大軍，提出了一個最關鍵的問題，「毒蠍每一次行動都少不了主使者，你們查到了這次的主使沒？」

齊大軍舔了舔下嘴唇道：「省廳和市局都一致認為，本次的幕後主使是龍三。」

古董聽著十分愕然，繼續追問：「有人見過龍三？」

齊大軍搖了搖頭，捧起茶杯又喝了一口：「沒有，龍三一直都神出鬼沒。即使是有行動，也只會安排手下的人去賣命，他很少親自出面。」

第七案　真假龍三

　　古董聽著有些鬱悶，重重地敲了敲桌子：「不對！你們到底是怎麼展開調查的？龍三既然是幕後主使，自然是交易中最大的頭目。他即便再小心，總會有露出馬腳的時候，怎麼可能這麼久都沒被我們的人查到？」

　　齊大軍也主動道出心中的疑惑道：「老夥計，實不相瞞。自從凱茂走了之後，我一直暗中調查。可查了這麼多年，龍三彷彿徹底銷聲匿跡一樣，半點有關他的行蹤都查不到，這根本不合常理。」

　　齊大軍頓了頓，繼續問道：「你當年調查時，查沒查到龍三身邊還有什麼關鍵人物？」

　　古董仔細想了很久，才回答道：「沒有。龍三這個人疑心很重，而且仇家也非常多。他身邊一直都沒留什麼人，只有侯亮這一個心腹。聽聞是因為侯亮之前為了救他，被人剁了一隻耳朵。」

　　齊大軍開始大膽假設道：「這個龍三多年不現身，莫非他跟侯亮一樣也死了？」

　　古董頓時恍然大悟道：「對，有這個可能。一個人想不被查到，只能像侯亮那樣變成一個死人！」

　　二人繼續往後深思，若真的龍三已經死了，那現在操控交易，把控大局的龍三是誰？

■ 栽贓陷害

　　派出所剛清淨了幾天，沒有吵架，沒有急案，最嚴重也就是二大媽和三大爺擺攤兒搶地吵架，東街老李和他媳婦兒打架了。眾警也算能小緩一

口氣，每天按時上下班，生活也慢慢趨於平靜。

小顧最近貌似談了個女朋友，每天一到點就往派出所外邊跑，平時坐在座位上也滿眼桃花，時不時還收到兩條甜蜜簡訊，躲在角落裡自我陶醉，忙不迭打字語音，讓李墨白起了一身雞皮疙瘩。

李墨白還是老樣子，最近迷上了大資料分析，每天忙完正事就坐在位置上絞盡腦汁地研究犯罪訊息資料庫。唐海城和白煙煙很好奇，湊過去看了一下便頭昏眼花，趕緊各自撤回到自己的座位上。

整個派出所裡最忙的還是白煙煙跟唐海城，因為唐海城接了白煙煙的委託，幫忙調查胡之銘的老爸，多少還是有些忙碌，每天下班後都要坐在電腦前磨蹭一個多鍾。白煙煙有時候下班陪著，有時候也走得早，不知道獨自忙活什麼事。總而言之，這一男一女行蹤詭異，頗有特務執行任務時的風采。

最詭異的是不久前，白煙煙委託他幫忙進行暗中反監聽。他實在想不明白，白煙煙到底惹上了啥人，對方居然用那麼卑鄙的手段。不過，李墨白暗想，做出這事的人應該和她關係不錯，而且肯定很熟，不然也不會有機會給她的手機裝監聽軟體。李墨白本想問一下裝監聽軟體的是何人，但白煙煙明顯不想透露，最終唯有作罷。

又到下班時間，唐海城和白煙煙又湊到一塊。李墨白見狀，打趣幾句，就直接回家了。

空曠的辦公室，兩人相對而坐，看著電腦螢幕上的資料時不時說著自己的意見。

白煙煙抬起頭，發現古董也沒下班，人還在辦公室中，思索片刻便走了進去。

第七案　真假龍三

　　唐海城看資料入神，並沒注意到白煙煙離去，而白煙煙這麼一去，也去了十幾分鐘。

　　「煙煙，你剛做什麼去了？」唐海城望著白煙煙，隨口問道。

　　白煙煙頓了頓，回答說去找古董彙報工作。唐海城沒有懷疑，繼續開始忙碌起來。

　　「這幾天查下來，胡之銘的背景基本上快清楚了。我等會兒把資料發你，有問題及時溝通。」

　　白煙煙沒有抬頭，只是「嗯」了一聲。片刻之後，電腦傳來提示音，唐海城將檔案發給她了。

　　白煙煙成功接收檔案，輕按兩下打開之後，開始仔細閱讀胡浩天的資料。這個胡浩天，不是啥善茬。這人是個二進宮的慣犯了，第一次蹲號子是因聚眾鬥毆，第二次則是故意傷人。從照片上看，胡浩天的樣子有些文弱。用當下最流行的話來說，就是典型的斯文敗類模樣。從他身上，白煙煙不難看出胡之銘的影子。

　　從資料上來看，當年胡浩天莫名失蹤，當時來報案之人就是胡之銘的母親，一個看起來普普通通的家庭婦女。據胡之銘的母親稱，自己的丈夫已經失聯近一星期，手機處於無人接聽狀態，身邊的熟人也不知其去向。

　　報案之後，市局有派人調查過，但最後也沒太大的收穫。又過了十幾日，胡家人前來銷案，不過銷案記錄上顯示的名字為胡之銘。再往後，胡之銘替雙親申報了死亡，登出了父母的身分資訊。

　　不過，白煙煙看完這些資料之後，發現都沒提到胡父的死因，也沒提到胡之銘的收養者。

　　白煙煙發現唐海城還發了一份文件。她打開這個文件，發現是從本地

論壇上摘錄的帖子。

　　文件裡記錄了毒蠍和黑水的事。毒蠍和黑水為兩派人，從來都是水火不相容。其中，毒蠍的二公子龍三最看不慣黑水的人，經常主動找對家麻煩，而黑水因為勢單力薄，也只能一直隱忍。

　　這個帖子裡還特意附了兩張圖片，都是些社會青年的合影。唐海城特意在圖片上畫了圓圈備註。白煙煙將圖片輕按兩下放大數倍之後，成功地在人群中找到了一個很熟悉的面孔──胡浩天。

　　原來，胡之銘的父親居然是毒蠍的死對頭黑水的人。這個意外發現讓白煙煙一時間有些愕然。這樣看來，胡之銘不可能是毒蠍的人了。即便他身上有問題，這問題的根源應該與黑水有關。

　　白煙煙繼續往下看，帖子開始詳細講毒蠍集團的事，事無鉅細，就像一本百科全書，直讓人瞠目無語。白煙煙操控著電腦邊看邊感嘆，到中間部分才發現一小段有關黑水的描述，不過也只是一句──黑水趁火打劫，惹怒毒蠍老大，最終慘淡收場！白煙煙看著這些文字有點懵，尤其是「趁火打劫」，「毒蠍老大」又是誰？誰「慘淡收場」？

　　不過，白煙煙根據帖子內容分析，胡浩天的死鐵定跟毒蠍有關。但胡浩天若死於毒蠍手中，胡之銘為何會跟殺父仇人一起呢？白煙煙也不知道唐海城怎麼搞到的這種破帖子，連事兒都講不清。

　　白煙煙剛想給唐海城打電話，她的電腦就收到了一封唐海城用手機發的郵件。她移動滑鼠，點開郵件。郵件裡寫了關於第二個文件的來歷，最原始的帖子已經被刪了。唐海城哀求李墨白繞到網站的伺服器終端，提取了相關的零碎訊息，組合成現在的這篇帖子。

　　白煙煙看著郵件深受感動，原來這中間李墨白也有份出力。與此同

第七案　真假龍三

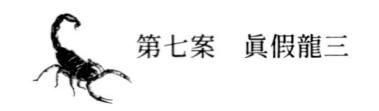

時，唐海城剛到家門口，他剛想開門，卻突然想起好像有兩個快遞沒取，就放在巷子口的便利店裡。唐海城這些天記性特別差，若非今天快遞員連繫他有新快遞到了，只怕之前丟在便利店的快遞也會被他遺忘掉。

結果，等唐海城到了便利店一問，整個人直接傻了。便利店老闆告知，他的快遞早就被取走了。可唐海城忙到壓根就沒空取快遞，而且今天根本就沒來過便利店，最新的快遞居然還不知所蹤了？

「老闆，還記得取快遞那傢伙的模樣嗎？」唐海城盯著店老闆問道。

店老闆搖頭表示記不清楚了，因為這家便利店他才盤下來不久，很多事不是很清楚。

唐海城依然不死心，特意連繫了這區域的快遞員，但最終還是沒能找回丟失的快遞。

唐海城走到自己的門口，推開外門便要進去，低頭瞥見了兩個紙盒，順手將盒子撿起。

唐海城定眼一看，這兩個盒子的表面居然還貼著他家的地址，這件事讓他有點毛骨悚然。

唐海城的快遞失而復得，只能夾著快遞盒開門。他完全沒有發現一個問題，快遞盒中除了他原本就有的商品之外，其實還多了一個隨身碟。這個隨身碟看似普通，可對他而言卻極為致命。

唐海城關門後不久，樓道深處有兩個人探出了頭來。他們將唐海城的舉動全部拍下，才笑嘻嘻地離開了樓道。可惜唐海城並不知道，就是這兩個傢伙在便利店冒取了他的快遞，還在快遞裡偷偷放入了那個裝滿資料的隨身碟。這全都是針對唐海城所設下的圈套，只為了讓其身敗名裂。

一 詭計啟動

　　最近一段時間，唐海城身邊怪事頻發。尤其是昨天回家的時候，路上還遇到了跟蹤者。

　　唐海城也沒時間搭理跟蹤者，因為他的心情很不爽，時不時就會接到幾個某某公司的工作人員，不是進行工作調研，就是使用者滿意度調查，有時還會要求留下地址，方便寄送禮物。

　　可這些電話裡所謂的公司，唐海城一個都沒聽說過，也完全不認識這些相關人員。

　　不過，說起來這些都不算啥，最古怪的要說前兩天晚上那頓飯。當晚下班後，唐海城又累又餓。他沒啥心思做飯，就隨便在街邊找了一家小餐廳，隨便點了兩個小菜，準備好好地大吃一頓。

　　可唐海城吃著吃著，他的身邊突然多了許多人。這些人一個個看著就不是善類，就差往臉上寫著「壞人」二字了。唐海城見情況有問題，剛站起身想換個位置，就被一位壯漢硬生生按回了座位上。

　　壯漢倒是相當直接，笑意滿滿地說：「兄弟，我看著你面善，賞臉陪我吃頓飯吧？」

　　唐海城自然不敢拒絕，只好連連點頭答應，便瑟縮在一旁，看著壯漢跟另外幾人吃飯。

　　唐海城陪著那位壯漢一起吃了半個多小時的飯。飯局一結束，壯漢就帶著一幫人離開了。

　　即便如此，唐海城還是認為自己的心靈受到了巨大的傷害，陪吃這種事實在太憋屈了。

第七案　真假龍三

　　當然，唐海城本人並不知曉自己的這些窘迫模樣，現在居然全被胡之銘盡收眼中盡。

　　胡之銘看完之後就揮了揮手，看著一個光頭男子問道：「東西都準備好了嗎？」

　　光頭男十分恭敬地回答道：「都準備好了，少爺，你需要時告訴我們就行。」

　　胡之銘滿意地點了點頭，繼續追問道：「錄音呢？」

　　光頭男子從懷中掏出錄音筆遞給胡之銘。胡之銘打開之後，唐海城的聲音立刻傳出。

　　「是，計畫已經妥帖了，他們沒有發現我的身分。」

　　「他們最近要展開抓捕行動了，我們要小心了。」

　　胡之銘聽著臉上露出強烈的笑容，這些聲音是他這段日子以來派人潛伏在唐海城身邊伺機偷錄，然後透過特殊技術手段處理而成，透過把話語片段剪接，組合成全新的語音，然後將噪聲處理完畢，營造出電話錄音的效果。

　　胡之銘很滿意這個結果，推了推眼鏡問道：「給他送過去的東西呢？」

　　光頭男子奸笑著說：「少爺，您只管把心放肚子裡，那個我也已經安排妥當了。隨身碟裡是提前準備好的東西，那些帳目和圖片都是朱老三那夥人之前留下的東西。老三他們人都進去了，沒想到還能派上用場。」

　　胡之銘轉過身看著光頭男，眼神中很是滿意，大力讚揚道：「你很會辦事。朱老三那幾個蠢貨，人都進去了居然還能助我一臂之力。為了以防萬一，往他的電腦裡也發一份。」

光頭男子點頭，胡之銘揮了揮右手，示意光頭男可以退下了。

光頭男剛退下不久，外面又進來了兩個人。其中一個開口道：「少爺，老爺有急事找你。」

胡之銘自然明白老傢伙叫他去應該是為了啟動那個詭計計，於是默不作聲跟了上去。

在最大的那間辦公室中，老者明顯已經等待已久，見胡之銘上來，難得地露出來笑容。

「義父，您找我有何事？」胡之銘看了一眼面前之人，十分恭敬地問道。

老者今天的心情很好，應聲之後讓胡之銘坐下，才發問道：「事情辦得如何？」

胡之銘低頭回答道：「義父，事都辦得差不多了，風聲也放出去了，只差誘餌上鉤了。」

老者又想起一件事來：「這事你辦不得錯。還有一件事，你要替我去辦一下。」

胡之銘毫不猶豫地說道：「義父，有什麼事您只管吩咐，我定竭力為您辦好。」

老者從桌上拿起一張照片遞給胡之銘。胡之銘看了一眼，開始等待老者的新命令。

老者盯著照片說：「此人跟我有血海深仇。你替我辦成此事，我答應你的事立刻兌現。」

胡之銘一聽，直接愣在了原地。他遲疑片刻才點頭答應，但並沒多問其中的原因。

第七案　真假龍三

「你和那個女孩怎麼樣了？」老者突然間話頭一轉，提到了白煙煙。胡之銘不知該怎麼回答，只是低下了頭默不作聲。老者似乎有些不高興，他冷哼了一聲，拿起手中的柺杖敲了胡之銘的腿兩下。

「你要知道，她可是關鍵人物，甚至還起著決定性作用！」老者十分憤怒地吼道。

胡之銘「嗯」了一聲，接過話茬：「孩兒明白，可警方已經開始懷疑我的身分了。」

老者定了定神，反問道：「她現在知道你的真實身分沒？」

胡之銘搖搖頭回答道：「這個肯定沒有，她絕不可能知道。」

老者聽著，不禁暗鬆了一口氣說：「那就好。只要不知道你是龍三，一切就不用擔心了。」

第八案

獵蠍行動

黑暗是包圍四周的暴君，光明是前來解救的騎士。

—— 阿多尼斯

第八案　獵蠍行動

一 引子

　　李大龍駕車帶著齊大軍向目標點駛去。到達目標點之後，下車一看，發現嫌疑車輛與相關嫌疑人均已被抓獲。現場總計抓獲了六名嫌疑人，其中四名為賣家，另外兩名則是買家，看來情報確實沒錯。但唯一有出入的是龍三並不在其中，而且那幾個被抓獲的嫌疑人也一直喊冤。

　　李大龍正要走上前盤問嫌疑人，反遭齊大軍攔下道：「等一下，這車不對勁！」

　　齊大軍臉色突然變了，示意現場所有人提高警惕。他慢步走上前去，仔細觀察嫌疑人開的車，發現車內居然空無一物。這一處的目標點是一處廢舊工廠，也是毒蠍曾經用來囤貨的倉庫之一，倉庫就在工廠後方。

　　齊大軍想明白之後，大手一揮道：「快，趕緊去倉庫看看有沒有東西！」

　　在場的幾名警察聽了齊大軍命令，立刻朝倉庫的方向跑去，結果回來時都驚呆了。

　　其中一個年紀較大的老刑警說：「倉庫裡頭什麼都沒有，早就被搬空了。」

　　齊大軍來不及多想，再次下令道：「大範圍搜索現場，先把貨給我找出來！」

　　警察展開地毯式搜索之後，發現毒蠍要出的那批貨根本就不在這個地方。

　　齊大軍一聽，臉色徹底變了。他走到嫌疑人面前質問道：「你們把貨藏哪了？」

幾個嫌疑人互相對視一眼，根本沒理會齊大軍的問題，只是一味地胡亂瞎罵。

齊大軍當即命人將這六個傢伙帶回了市局，另外留一批人在現場繼續搜查。

獵蠍行動

海城市警局的辦公室依然燈火通明，眾警坐在自己的工位上繼續忙碌。隨著省廳高層下達的最新行動指示，緊張氣氛已經悄然蔓延開來。省廳針對毒蠍集團此次的舉動，打起了一百二十分的精神。所有警察都知道，本次行動不只是簡單地阻止非法交易，更是為了將毒蠍集團連根拔起。倘若錯過這次機會，幾年來的努力就將付之一炬。同時，也難以再有機會為那些為此失去生命，身負重傷的同事報仇雪恨。關於這次的行動，省廳命名了一個行動代號 —— 獵蠍。獵蠍行動凝聚著省廳跟市局高層的心血，都是為了能夠一舉剷除毒蠍這個犯罪犯罪集團！

市局所有在崗警察連續加班兩天，不但毫無怨言，更無半分懈怠。警察們疲憊的眼睛中雖然充滿了血絲，眼神仍然堅定剛毅，甚至還夾帶著一絲興奮。如此場景任憑誰看到，都會心生敬意。

三天前，市局收到了可靠的情報，毒蠍將會在十三號，也就是明晚，於海江大橋的 D 號倉庫附近與買家進行交易。情報中清楚提到了交易的時間跟地點，以及參與交易的人員。這一次，毒蠍賭上了他們手裡的一切，幾年來積壓的造假文物，以及近期的貨物，都選擇在本次交易中脫手，而

第八案　獵蠍行動

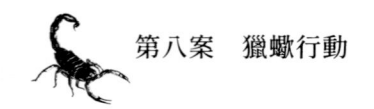

交易的總金額初步預估，有兩千多萬！

當確定這一消息後，市局跟省廳的高層都非常激動，這意味著只要獵蠍行動不出意外，毒蠍集團將無處可逃！而警方就能憑藉此次交易的巨大數額，徹底將毒蠍集團的成員全部釘死，讓壞人接受法律的制裁。

古董從齊大軍處聽到消息時，起初也曾提出過質疑。情報雖然看似極為可靠，但他心中的顧慮還未曾消除。無論是毒蠍還是龍三，關於這些年來明裡暗裡調查到的東西，都在冥冥之中向他透露著一個非同尋常的訊號。

可究竟真相如何，古董不敢亂揣測和下定論。當年之事對他打擊太重，到現在都沒釋懷。

齊大軍身為獵蠍行動的總指揮，對於這些問題自然考慮過。下達行動指令之後，他與古董二人閉門長談了數個小時。沒人知道二人交談的內容，但最終古董還是被齊大軍給說服了。古董從齊大軍的辦公室走出來，只見他雖然雙眼微紅，但眼神卻無比堅定。

回到派出所之後，古董將任務分配完。幾位小警也開始埋頭苦幹，生怕中間出了差錯導致此次行動失敗。白煙煙每天都是深夜才回家，天矇矇亮才重新返回派出所。唐海城與李墨白直接住在了所裡，蓬頭垢面也沒空管，精神全投入到了工作中。

時間轉瞬即逝，眼看明晚就是毒蠍交易的時間，唐海城等人的心中異常激動。這是他們從警以來第一次參與如此重大跟高級別的行動，最關鍵的是要抓捕的對象為毒蠍，可想而知會是怎樣的一種心情。

不知不覺，已到深夜十一點。唐海城伸了伸痠痛不已的腰，但整個人毫無睏意。

在場的警察只希望今夜的時間能再慢些，能準備得更加充分，好一舉把毒蠍給徹底剿滅。

白煙煙見時間已經很晚了，她遲疑片刻之後，還是決定今晚就住在所裡。前幾日還考慮著所裡加班的都是男人，自己在可能不太方便。可隨著緊迫感越發強烈，她也顧不上那麼多了。

白煙煙用辦公室的電話給自己的媽媽打了個電話，便靠在椅子上閉目養神了起來。

白煙煙最近的腦子十分混亂，那些關於胡浩天跟毒蠍的消息差點將她的腦袋給擠爆。

唐海城來到白煙煙身旁，小聲問道：「煙煙，你睏了嗎？」

白煙煙睜開眼睛，望著唐海城回答道：「沒有，只是盯著螢幕久了，眼睛有些痠。怎麼了？」

唐海城遞給白煙煙一瓶水。白煙煙接過水喝了幾口後，才笑著道：「海城，謝謝你。」

唐海城好心勸慰道：「其實，你應該早點回家。事都快弄完了，有我們幾個盯著，問題不大。」

白煙煙沒有接話，坐正身子，打開電腦桌面上的一個檔案，一邊看一邊隨口應了幾聲。唐海城的眼睛轉向螢幕，發現白煙煙瀏覽著有關毒蠍的資料。唐海城才想起自己找白煙煙的用意，從旁邊拉了一把椅子坐下，一臉慎重地說：「關於胡浩天，我又從別處打聽到了一些消息。」

白煙煙停下滑動的滑鼠，轉頭看著唐海城：「那你說給我聽吧。」

「胡浩天當時算是黑水裡的一把手，幾乎沒人敢惹，更別提動他了。」

第八案　獵蠍行動

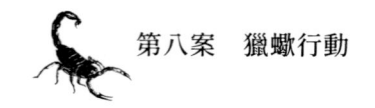

「後來呢？你給我的資料裡只隱約提到了他的死和毒蠍有關。」

唐海城點了點頭，繼續往後講：「胡浩天確實是被毒蠍的人給害死了，不過和他一起被害死的人還有好多。這些人的身分都比較雜，除了黑水裡混的風生水起的小頭目外，其實還包括了毒蠍的人。」

白煙煙沒聽明白是啥意思，反問道：「黑水的人是被毒蠍殺了，那毒蠍的人呢？」

唐海城神情嚴肅地說：「也是毒蠍的人下的黑手，因為毒蠍內部鬧矛盾了！」

這個消息無異於平地炸響一聲驚雷。如此看來，毒蠍當時的內鬥情況也特別嚴重。

「我仔細查了幾遍，毒蠍當時被幹掉的人大多跟那個叫龍三的關係比較親近。龍三是毒蠍的大頭目，幹掉了這些人，無異於砍掉了他的左膀右臂。其實，這種做事手法，我有些想不明白。」唐海城皺了皺眉，繼續進行著分析，「因為這些人的死很隱蔽，毒蠍對外都說死於欠債或者自殺。」

白煙煙思索片刻後，反問道：「海城，你說胡之銘對此事知不知情？」

唐海城仔細思索了一陣，才回答道：「對胡之銘的舉動，我也很疑惑。如果說胡浩天是被毒蠍集團所殺，胡之銘按理來說會跟毒蠍勢不兩立，怎麼可能替仇人賣命呢？畢竟，殺父之仇不共戴天啊！」

白煙煙揉了揉自己的太陽穴道：「海城，我現在頭有點疼，想先休息一會兒。」

唐海城也不想打擾白煙煙，他什麼話都沒說，直接回了自己的工位。

此時的白煙煙特別糾結，她希望胡之銘跟毒蠍毫無關係，可偏偏事與願違。

白煙煙在心中暗自祈禱，希望明晚的行動一定萬無一失，成功將毒蠍一網打獲。

　　唐海城將白煙煙的動作盡收眼中，他看著也很不是滋味。今夜，他注定難以入睡。

一 毫無收穫

　　次日入夜後，市局調動大批警力埋伏在交易地點周圍待命。表面看似乎靜，實則殺機四伏。

　　按照情報中所說，毒蠍和買家交易的時間初步定在深夜十一點，今晚毒蠍將派四名馬仔，龍三今晚也會現身。自「六二八案」後，龍三就如同人間蒸發那樣，再無任何消息，而今夜現身的龍三會變成什麼模樣呢？

　　齊大軍跟李大龍分別指揮著早已安排好的車輛，連附近的關鍵路段都設了路卡。

　　只要毒蠍的交易一結束，收到相關訊號，就立刻行動，各部門聯動將罪犯一網打盡。

　　本來，古董也申請參加今晚的抓捕活動。可考慮再三之後，齊大軍拒絕了他的要求。

　　「師父，師叔想來您就讓他來吧，我們現場都布置好了，他來也沒啥大礙。」

　　齊大軍轉過頭放下手中的對講機，望著大龍語重心長地說：「我不能讓他來冒險。」

第八案　獵蠍行動

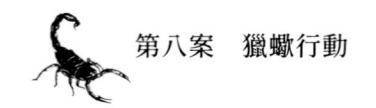

　　李大龍一聽這話，便果斷閉嘴了。齊大軍則嘆了口氣。其實，他身為主管，也有自己的難處。

　　齊大軍看了下手錶，現在是十點五十分。警方已經埋伏了三個小時，依然在耐心等候著。

　　「東大街往昭烏路方向出現可疑車輛。」對講機中突然傳出一個訊息，李大龍直接從指揮車的後座竄了起來，無比緊張地等待齊大軍下令。齊大軍微微點了點頭，示意大龍下達相關指令。

　　李大龍拿著對講機，下令道：「各路段注意，封鎖可疑車輛的後行路段，實時彙報情況。」

　　話音剛落，又有一個聲音響起：「一號嫌疑車輛朝目標點前行，預計三分鐘後到達。」

　　隨後，對講機內的第三個聲音響起：「二號嫌疑車輛出現，朝唐松路鼓樓方向行駛。」

　　李大龍平復好激動的心情，繼續安排後面的工作。果不其然，十一點剛到，兩臺嫌疑車在目標點成功匯合。李大龍看了齊大軍一眼，齊大軍當機立斷，抄起對講機指使附近埋伏突擊小隊進行抓捕。隨著他一聲令下之後，對講機中傳來了短暫的嘈雜聲，然後抓捕成功的消息也同步傳回。

　　李大龍駕車帶著齊大軍向目標點駛去。到達目標點之後，下車一看，發現嫌疑車輛與相關嫌疑人均已被抓獲。現場總計抓獲了六名嫌疑人，其中四名為賣家，另外兩名則是買家，看來情報確實沒錯。但唯一有出入的是龍三並不在其中，而且那幾個被抓獲的嫌疑人也一直喊冤。

　　李大龍正要走上前盤問嫌疑人，反遭齊大軍攔下道：「等一下，這車不對勁！」

毫無收穫

齊大軍臉色突然變了變，示意現場所有人提高警惕。他慢步走上前去，仔細觀察嫌疑人開的車，發現車內居然空無一物。這一處的目標點是一處廢舊工廠，也是毒蠍曾經用來囤貨的倉庫之一，倉庫就在工廠後方。

齊大軍想明白之後，大手一揮道：「快，趕緊去倉庫看看有沒有東西！」

在場的幾名警察聽了齊大軍命令，立刻朝倉庫的方向跑去，結果回來時都驚呆了。

其中一個年紀較大的老刑警說：「倉庫裡頭什麼都沒有，早就被搬空了。」

齊大軍來不及多想，再次下令道：「大範圍搜索現場，先把貨給我找出來！」

警察展開地毯式搜索之後，發現毒蠍要出的那批貨根本就不在這個地方。

齊大軍一聽，臉色徹底變了。他走到嫌疑人面前質問道：「你們把貨藏哪了？」

幾個嫌疑人互相對視一眼，根本沒理會齊大軍的問題，只是一味地胡亂瞎罵。

齊大軍當即命人將這六個傢伙帶回了市局，另外留一批人在現場繼續搜查。

幾個嫌疑人回到局裡才老實，故意裝出一副配合的模樣，但審的時候都是瞎扯一通。

審訊幾個嫌疑人到後半夜，齊大軍跟審訊小組還是毫無收穫。這次行動居然真被古董說中了，注定就是一場無功之戰。幾個嫌疑人根本不是交

第八案　獵蠍行動

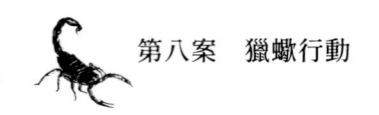

易的雙方，他們明顯有備而來。事實證明，所有人都被毒蠍給耍了。當然，還有另外一種可能就是毒蠍突然收到了消息，臨時取消了這次交易。

「我們都部署了這麼久，結果到頭來還是一場空！」李大龍很憤怒地說了一句。

此時的齊大軍正坐在自己的辦公室裡，滿腦子都在覆盤到底啥環節出了問題。其實，之前的情報一直都很準，從毒蠍貨倉的位置，再到毒蠍屢次的小動作。唯獨這一次的情報居然錯了，導致整個獵蠍行動一敗塗地。

齊大軍一時間頭痛不已，該怎麼繼續接下來的行動？被抓回來的嫌疑人又該如何處理？

齊大軍明白，那幾個嫌疑人不可能啥都不清楚。但倘若說他們是主謀，也根本無法成立。

半個小時後，古董直接闖入辦公室。他坐在離齊大軍不遠的沙發上，整個人一言不發。

齊大軍不敢抬頭去看古董，更不知從何說起。這對昔日的老搭檔陷入了短暫的沉默。

「從一開始，我就知道這次行動不會成功。」古董率先打破了壓抑的氣氛。

齊大軍不禁長嘆一口氣：「唉，你的預判很準。說起來，我們還是太依靠情報。」

「不過，我今天來，並不是為了跟你討論這次的行動。」古董站起身走到齊大軍面前。

齊大軍看著滿臉堅定的古董，突然有些恍惚的錯覺，彷彿從前的那個古董又回來了。

一 含冤莫白

次日一早，古董就把唐海城單獨請到了辦公室裡。唐海城見古董的臉色十分難看。

「古所，您一大早找我有什麼事？」唐海城連吞幾口口水，非常小聲地問道。

「你給我解釋一下，這些東西怎麼回事？」古董直接將一疊照片丟到唐海城的面前。

唐海城蹲下身撿起照片一看，這些人跟地點他都無比熟悉。他回想起前段時間的古怪遭遇，很快就想明白了事情的前後關係。唐海城剛想開口跟古董解釋一下，只見古董將手中另一個錄音筆打開，唐海城的聲音在辦公室中擴散開來。

「是，計畫已經妥帖了，他們沒有發現我的身分。」

「他們最近要展開抓捕行動了，我們要小心了。」

霎時間，唐海城聽著都嚇傻了，因為他沒說過這些話。他開口道：「古所，您聽我解釋。」

古董積壓已久的憤怒徹底爆發，他單手將錄音筆拍到自己的辦公桌上，抬頭用非常憤怒的眼神盯著唐海城。。唐海城還是頭一次見到如此憤怒的古董。過去，古董雖然經常訓斥他，但從沒這麼嚴重過。

「我勸你老實交代，說說你的身分吧。」古董繼續拉著一張臉，逼問面前的唐海城。

然而，此刻站在辦公室外的白煙煙整個人都崩潰了，她的耳旁不斷迴響著方才錄音筆中的那兩句話。萬萬沒想到，洩漏獵蠍行動的人居然會是

第八案　獵蠍行動

唐海城。昨晚之所以會失敗，全因他通風報信給毒蠍！

唐海城一臉焦急地解釋道：「古所，我沒說過這些話，我也不知道是怎麼回事。」

「都到這時候了，你還要狡辯嗎？我不妨跟你直說了，你信箱裡的那些檔案，上頭已經查到了！還在你家找到了一個隨身碟！」古董說到此處，直接將東西拿出來，「啪」的一聲甩到唐海城面前，「今天一早你離家不久後，市局就派人去你家把東西都搜出來了！」

如此無妄之災，唐海城想開口為自己辯解，可他才發現這是個專門針對他而設的死局。

「唐海城，這麼久以來，我都沒發現你居然是毒蠍安排的內線，你的演技很不錯啊！」古董聲音遏制不住內心的憤恨，「你信箱裡的那些交易帳目，上頭已經再查了，你不用多說。我叫你進來，就是想看看你還想跟我說什麼！」

此時的白煙煙更加震驚，她瞬間就想明白了很多事。為何這麼久以來，唐海城一直特意關注胡之銘跟毒蠍。他之所以費心調查胡之銘，可能就是為了洗脫自己的嫌疑，轉移大家的注意力！

古董見唐海城沒開腔，又繼續道：「唐海城，待會兒上頭就會派人來，你跟他們走一趟吧！」

唐海城還沒想明白，他怎麼突然就成了毒蠍安排的內線？也不明白這古怪的錄音是什麼情況？古董剛說完不久，一批警察從派出所外邊進來。帶隊的人直接進入古董的辦公室，出示完相關證件之後，當場就打上手銬，把唐海城帶走了。李墨白早已六神無主，身為唐海城的死黨，此時只有他相信唐海城是含冤莫白。

一 最終任務

　　深夜降臨不久，在昏黃的燭光照射下，白煙煙極其心不在焉，胡之銘正幫她切著牛排。

　　「煙煙，這家的牛排特別好吃，你快嘗嘗吧。」胡之銘特別心疼地說道。

　　白煙煙抬起頭，靜靜地看著燭光中的胡之銘，一時間有些出神了。因為面前的少年是那樣溫文爾雅跟帥氣十足，他的衣服永遠整潔，眼鏡片上也沒絲毫的灰塵。胡之銘就是這樣一個看似完美的少年。

　　「怎麼了，煙煙？」胡之銘見白煙煙一直盯著自己，臉上自然又多了幾分笑意。

　　「我沒事。」白煙煙說著，接過了胡之銘所遞的盤子，拿起餐具開始吃切好的牛排。

　　「沒事就好，我還以為你生氣了。」胡之銘說著，還有些委屈。此刻，他正握著刀叉切牛排。

　　「沒有，是我最近的工作太忙。」白煙煙吃著牛排，低聲說道。

　　「現在應該有空了吧？」胡之銘說著笑了笑，「下次再連繫你時，千萬別拒絕我啊！」

　　白煙煙依舊默不作聲。盤中的牛排還剩大半，顯然不是特別合胃口。

　　胡之銘見狀，叫來服務生說：「麻煩換一道主菜給這位小姐。她最近太累，不想吃牛排。」

　　服務生自然點頭答應，開始向白煙煙和胡之銘介紹今日的主廚推薦。

第八案　獵蠍行動

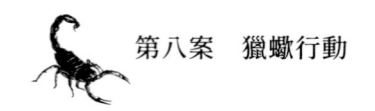

　　胡之銘微笑著一邊聽，一邊點頭。白煙煙根本沒聽進去半個字，她其實滿腦子都是疑惑，但又沒勇氣將疑惑說出口。

　　「煙煙，有你喜歡吃的菜嗎？」服務生介紹完之後，胡之銘順勢追問道。

　　白煙煙點完菜。胡之銘示意服務生去下單，又突然開口說：「煙煙，你能當我女朋友嗎？」

　　「之銘，給我點時間考慮一下吧。」白煙煙找了個理由回覆道。

　　胡之銘似乎是等不下去了，他自顧自地說了很多話，也不管白煙煙想不想聽。

　　白煙煙突然放下餐具，起身，一臉疲憊地說道：「之銘，我現在有點累，想早些回家休息。」

　　胡之銘聽見這話後，彷彿變了個人一樣。他冷聲問道：「煙煙，你真的考慮好了嗎？」

　　聞言，白煙煙似乎遲疑了一刻，她的背影輕輕顫抖了一下，呼吸似乎也變得有些急促。但過了片刻，一切便恢復了正常。冷靜下來的白煙煙轉過身去，鼓起勇氣看著胡之銘，說出了那些積壓在她心中的話。

　　「之銘，對不起，我們還是做朋友吧。最近幾天，我想了很多。從我們重逢開始，你就讓我覺得有些陌生，就好像你的身體裡還有另一個人。絕大多數的時候，你並不是你，而是那個占據你身體的人。」白煙煙深深呼吸一口氣，最終下定決心脫口而出，「謝謝你這段日子對我的照顧，以後我們還是當普通朋友吧。」

　　白煙煙離開之後，燭火之中，胡之銘的臉更扭曲了。他切牛排的動作更加粗暴，刀具在餐盤上劃過，發出極為刺耳的聲音，周圍人向他投去異

樣的眼神。可此時的胡之銘毫不在意，他將手中的刀叉放下，隨意擦了擦嘴，起身結完帳，直接快步走出餐廳。

　　胡之銘越想越氣，他不明白為何所有人都要這樣對自己？他明明將真心都給了出去，為什麼換不來公平的對待？胡之銘走到停車場，解鎖之後，一把拉開車門坐到了自己的車裡。這些年來，義父從沒把他視為己出，只是把他當成替代品而已。龍三這個名字，根本不屬於他。因為有好幾次，胡之銘都看到他的義父抱著親生兒子的照片痛哭，口中反覆說著「無人能比得上你」。

　　然而，胡之銘的生父胡浩天也是如此，生前從沒關心過他，死後還惹來了一堆仇家。胡之銘的心中燃起一陣無名的怒火，他用自己的拳頭狂砸方向盤，眼前彷彿又浮現出當年受到的那些屈辱。

　　胡之銘眼神中的恨意又濃了不少。義父曾跟他有過一個約定，只要配合完成那個復仇計畫，就替他報仇雪恨，不管是害死他父母的人，還是迫害他的人。胡之銘等了這麼久，為的就是這一天。有朝一日，他要將曾經的屈辱全部洗刷乾淨，成為所有人口中的龍三少爺。

　　兩天之前，義父給他下達了最後一個任務──幫他將復仇目標引出來。

　　這個任務對於胡之銘來說，並不難達到，困難的是如何才能讓義父滿意。義父心中一直有一個心結，關於幾年前的那一件事。若不將這一個關鍵問題解決，他永遠沒辦法變成真正的龍三。

　　為此，胡之銘想過無數的計畫。可那些計畫都不完美，達不到他想要的效果。如果要做到這一點，就必須要有人為此做出犧牲。直到今晚之前，胡之銘都還很猶豫。可當白煙煙無情地轉身離去後，胡之銘突然想明白了很多東西。

第八案　獵蠍行動

　　地下室的撞球廳中，胡之銘摸黑走到開關處，按下開關將燈打開。燈光十分刺眼，胡之銘卻沒有閉眼躲閃。這種從黑暗到光明的感覺，他非常喜歡，就好比他今後的人生一樣，也即將從黑暗中走向光明。

　　隨後，胡之銘慢慢走到了房間的深處，那裡的小黑板上依然貼滿了許多照片。

　　胡之銘從手邊拿起一根紅色的油性筆，對準白煙煙的照片輕輕滑了下去。一聲若有若無的輕嘆之後，大紅色的 X 字母貫穿整張照片。他將白煙煙的照片一張張摘下，拉開抽屜依次放了進去，又從抽屜中取出了另一疊全新的照片。胡之銘從全新的照片裡特意抽出一張古董穿警服的照片，拿在手裡看了一下，然後陰狠地說道：「老傢伙，下一個就該輪到你了！」

第九案
以命換命

當一個人的心中充滿了黑暗,罪惡便在那裡滋長起來。

—— 雨果

第九案　以命換命

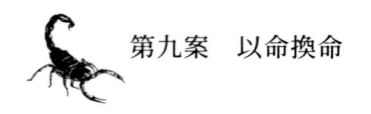

一 引子

突然，古董的手機響起，結果發現是個完全陌生的號碼。

遲疑片刻，古董還是接通了電話，開口問道：「您好，請問您找誰？」

電話那頭傳來一道蒼老的聲音回答道：「老古董，你還記得龍三嗎？」

這個聲音猶如晴天霹靂。古董繼續追問道：「你是誰？你想做什麼？」

「呵呵，我告訴你一聲，有個叫唐海城的小子在我手裡，你不想他去陪郭凱茂吧？」

「你到底想怎麼樣！？」古董直接吼了出來，他的額頭青筋暴起。

「老古董，你別激動。說起來，這孩子和郭凱茂很像呀，一樣的都那麼年輕，一樣的前途不可估量。可惜，再過兩個小時，他就要被炸成一堆碎片咯。」說著，電話那頭傳出一陣喪心病狂的笑聲。

古董覺得自己的血液都凝固了，手腳冰涼，聲音不由自主地放低道：「雖然我不知道你想做什麼，但你千萬別傷害他，他只是個孩子。我知道你的目標其實是我，你要我怎麼樣都行，你開口我一定照做。」

「爽快，一個小時後趕到躍龍教育基地，只許你一個人來，否則我就炸彈死唐海城！」

「沒問題！」古董說完就掛了電話，從抽屜裡拿出一把手槍，將子彈填充滿揣到腰後。

一 無罪釋放

　　最慘的人其實還是唐海城，因為他這些天飽受精神折磨，被一遍又一遍地輪番盤問。不過幸運的是，最終他還是被放了出來，因為事情還沒完全調查清楚。上級為了避嫌，決定先將他暫時停職。但唐海城對這個結果已經很滿意了，他原以為自己會被不明不白地送進監獄，成為一個警界眾所周知的叛徒。

　　有一段時間沒踏進派出所了，唐海城感覺有些陌生，這裡的一切彷彿都變了。

　　唐海城獨自站在派出的所門口遲疑了很久，最終還是李墨白將他強行拖了進去。

　　派出所裡很安靜，小顧和白煙煙坐在辦公椅上。二人看到唐海城之後，皆是沉默不語。

　　唐海城也不知能開口說什麼，他發現自己的辦公桌上還留著之前沒吃完的餅乾。那張亂糟糟的辦公桌從前看起來並沒啥特別，可如今看來卻是那樣讓人不捨。那些曾經寫過的便籤，那一份份加密的卷宗，以及他曾經最引以為榮的警察證⋯⋯

　　唐海城開始收拾自己的私人物品，內心滿是委屈，連他自己都沒發覺眼淚已經奪眶而出。

　　身後的李墨白將這一切都看在了眼裡，他又何嘗不是這種感覺。朝夕相處的同事兼多年死黨，共同經歷了那麼多案子。更何況李墨白一直堅信唐海城肯定是無辜者，他不可能出賣警隊。畢竟，當警察是這傢伙的夢想。

第九案　以命換命

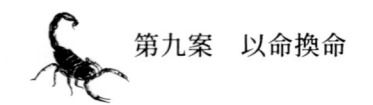

「海城，你有空就來看看我們吧。」小顧忍不住開口說道。

唐海城聽著，出言調侃小顧道：「你小子幾個意思呀？讓我沒事來看你們？你是嫌我進局子的次數不夠多？非要讓我多來幾次變成超級 VIP 才滿意？你管吃住和薪資不？要不然我可不考慮來。」

「海城，以後別瞎貧嘴了。你現在不是警察，小心挨人揍。」小顧隨後轉念一想，又繼續補充了一句，「不過沒關係，如果有人故意揍你，你就回來找我跟小白，我們幫你主持公道。」

唐海城不禁搖搖頭，然後笑罵道：「小顧，閉上你的烏鴉嘴吧，反正老子打不過就跑。」

李墨白也跟著接話勸了一句：「你小子以後悠著點，反正有事隨時給我們打電話。」

唐海城微微頷首，把自己的東西都放到了一個箱子裡，然後抱著箱子走出了派出所。

白煙煙目送唐海城離開，看著那張空蕩的辦公桌，她自言自語道：「對不起，唐海城。」

■ 離奇失蹤

唐海城被停職之後，又打開了他剛畢業時的生活狀態。曾經，他最大的願望就是睡覺睡到自然醒，數錢數到手抽筋。現在，這兩個願望注定只能實現其一。原本指著當警察這個鐵飯碗混口飯吃沒問題，誰知如今連維持生計都成了大問題。

離奇失蹤

自那天離開派出所之後，唐海城其實還悄悄回去過兩次，每次都只敢站在派出所的大門外，做賊心虛那樣朝裡頭偷看，既害怕看到熟人遭到白眼，但又想見到昔日的好哥們小白跟小顧。

這個場景還被古董抓到過一次。看著那個曾經熟悉的面孔，他不免有些辛酸。唐海城這個孩子秉性不壞，不應該落得如此結局。雖然之前的獵蠍行動失敗了，但市局和省廳依然沒放棄這個計畫，正全力制定著新的行動方案。毒蠍近期並沒收斂的跡象，而且活動的範圍越來越大，大有愈演愈烈的趨勢。上一次警方獵蠍行動失敗，在罪犯的眼中卻成為放肆的資本。這讓齊大軍無比憤怒，更加堅定了要將毒蠍徹底剷除的決心。

照舊，派出所又開始了忙碌的加班生活。現在，沒有了唐海城這個活寶，連加班都變得索然無味。小顧和李墨白做完工作之後就坐在椅子上，什麼話都不說，兩個人跟神遊太虛一樣。

突如其來的變故，也讓白煙煙一時難以接受，她不禁又想起了唐海城跟她吵嘴的那些日子。

今天照舊是加班到快十一點鐘，白煙煙收拾好自己的辦公桌，就獨自走出了派出所。

夜晚的海城市氣溫有些微涼。白煙煙拉了拉衣領，快步走到路邊，想攔一臺計程車。

白煙煙等了半天都沒車經過，這讓她相當無奈。於是，她決定走路回家，就當鍛鍊身體了。

因為夜已深了，街上的人並不多，車輛也開始變少。外帶這一片為舊城區，夜晚出行的人就更少了。白煙煙就算膽子再大，終究也還是個女孩子。還沒走出幾步，她就開始糾結要不要打電話叫父親來接自己。

第九案　以命換命

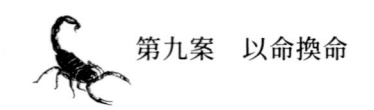

　　思前想後，白煙煙決定打電話。電話被接通後，她開口問道：「爸，你方便來接我嗎？」

　　「方便，爸爸馬上去接你。」電話那頭，白父很爽快地答應了。女兒從高中起就很獨立，白父即使想保護一下白煙煙，也沒太大的機會。今天，白煙煙居然主動要求，反而讓他分外驚喜。

　　「煙煙，那你發個定位給爸爸。」說話間，電話那頭傳來了幾聲輕輕的咳嗽。白煙煙一聽，就想起父親的身體向來不好，前幾天哮喘剛有所緩解，如果讓他來接自己，萬一受了涼怎麼辦？

　　「不用了，爸爸，我攔到計程車了。」白煙煙假裝後面上來了一輛計程車，「好了好了，我已經坐上車了。爸爸，你先休息吧，我待會兒就到家了。」

　　電話那段的白父有些失望，叮囑了幾句，便結束通話了電話。白煙煙鬆了一口氣，也回過頭去看後面是否有計程車。可一回頭，她卻看到身後站著一個黑影，猝不及防的驚嚇讓她險些失聲尖叫。

　　「怎麼會是你？」白煙煙成功認出了對方，此人正是許久未見的胡之銘。

　　此時，胡之銘一身黑色西裝站在自己身後。他的車停在路邊，還沒有熄火。

　　「實在是太巧了，我剛看到你在路邊打電話，於是就來和你打個招呼。」胡之銘仍舊滿臉的溫柔。他盯著白煙煙，讓白煙煙多少有些不適。

　　「那是有點巧，現在都這麼晚了，你怎麼會到此處？」

　　「我和客戶剛吃完飯，正好路過而已。你今晚又加班了？」

白煙煙點了點頭，沒有再說話，她不知如何面對眼前之人。

胡之銘見狀，主動提議道：「你是打算回家吧？要不，我送你一趟？」

白煙煙下意識搖了搖頭，感覺有些太過生疏，不好意思地笑了笑。

「不用了，你應該和我也不順路。我家離得不遠，自己走回去就好了。」

「我們就算不順路，難道憑藉你我之間的關係，我就不能特意送你一回？」

於是，胡之銘把白煙煙拉上了車。白煙煙也不好拒絕，在副駕駛位上繫好了安全帶。

結果，剛進車不久，白煙煙突然覺得自己很疲憊。她打了個哈欠，眼皮越來越沉。白煙煙此時才意識到胡之銘的車裡，貌似有某種古怪的味道，而她早已失去了意識。昏迷之前，白煙煙聽到胡之銘跟她說了「對不起」這三個字。

另外一邊，白煙煙的父母正苦苦等待女兒歸來，可女兒遲遲未歸。

一個小時後，白母質問丈夫：「老白，女兒人呢？她怎麼連電話都不接？到底是怎麼回事？」

白父其實也心急如焚，只好下樓繼續等。可一直等到午夜零點，女兒還沒回來。

情急之下，白父撥通了古董的電話，向古董說明了情況。

「您先別急，我這就發動同事們幫忙找煙煙。」古董聽聞白煙煙失聯，心中突然浮現起不祥的預感。最近這段時間，派出所裡的孩子們接連出事，這到底是純屬巧合，還是有別的原因？古董沒時間多想，趕緊走出了

205

第九案　以命換命

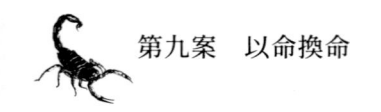

家門，給齊大軍通了電話，讓他安排警力尋找白煙煙的下落。

今夜對唐海城來說，注定也無法輕易入睡。他的手機突然響了一下，點開簡訊等待數秒後，才發現他收到的是一張照片，而照片上的白煙煙小臉慘白，手腳都被繩子捆綁著，正側躺在地板上。

正當唐海城打算連繫古董與李墨白時，他的手機又收到了一條新的訊息。他點開之後，小聲念道：「如果你不想她這麼早死，就獨自來這個地方。如果你敢報警的話，她肯定會馬上去見閻王爺！」

簡訊的末端還有一個地址，那地方是一個未建成的教育基地，離唐海城家半小時車程。

唐海城還在想，到底是誰綁架了白煙煙。左思右想之後，他認為最大的嫌疑人是胡之銘。

唐海城趕忙穿好衣服，一邊用手機回訊息拖延時間，一邊向簡訊中的地方趕去。

電話另一頭，胡之銘看著最新的簡訊罵道：「唐海城，我就要看你這個廢物能奈我何！」

角落裡，昏迷的白煙煙漸漸恢復了知覺。她睜開自己的眼睛，慢慢適應了周圍的環境之後，根本不敢相信眼前所見。胡之銘自然也發現白煙煙醒了，主動走上前將她嘴上的黑色膠帶撕下。

「你這個魔鬼，快點放開我！」白煙煙惡狠狠地罵道。

胡之銘並不生氣，用手輕撫了一下白煙煙的臉頰說：「煙煙，你放心吧，我絕對不會傷害你。等過了明天，我就把你放走。」

白煙煙瞪著胡之銘問道：「你發什麼神經？突然把我綁過來，現在又說要放我走？」

胡之銘微笑著回答道：「因為你不是義父的終極目標，所以你完全不用擔心。」

白煙煙心中一緊，她居然變成了吸引目標的魚餌。既然如此，毒蠍的終極目標會是誰呢？

胡之銘溫柔地替白煙煙擦了擦臉頰上的灰塵，又將黑色的膠帶貼了回去，依然面帶微笑說：「煙煙，你現在最好什麼都別做，只要耐心等待就行，因為明天一過，我就立刻放你離開。」

白煙煙身體劇烈扭動著，她想要掙脫捆綁著自己的繩子，但最後還是徒勞無功。

因為胡之銘綁得很牢，她這個魚餌絕不能逃脫，還要靠她引出那個終極目標。

■ 孤膽英雄

唐海城花高價叫車趕到教育基地的工地，司機放下他就趕忙調頭離開，因為現在已經是深夜一點了。這個教育基地位於遠郊，四周連個鬼影都見不到，只剩一個空蕩蕩的工地，給人一種無比陰森的恐懼感。

望著這樣的地方，唐海城雖然害怕，但他現在已別無選擇了，只能豁出性命放手一搏。

唐海城閉上眼睛不去多想，咬著牙走進工地，按照簡訊中的提示前往工地的庫房。放眼望去，只有工地最深處那一排平頂房比較像庫房。唐海城趕緊朝裡面狂奔而去，工地中萬籟俱寂，只有他急促的腳步聲在不斷迴盪。

第九案　以命換命

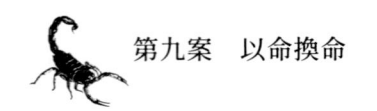

　　到了庫房門口後，唐海城發現上面有把鎖。當他想伸手取下鎖時，突然停止了動作。

　　唐海城怕其中有詐，打算仔細觀察一下。突然，他覺得後腦一痛，眼前一黑，直接昏死過去。

　　一夜的忙碌無果，古董自然又是心力憔悴。自從昨晚白煙煙與父母通話之後，到現在已經過去了十多個小時。在這期間，所有人都嘗試過繼續連繫白煙煙，結果都是無人接聽的狀態。

　　在調取過路面監控之後，古董透過影片發現了白煙煙的行蹤，但也只到了派出所外不遠處的路口。根本無法繼續看後面的監控，因為路口唯一的那個探頭被人給破壞了。根據古董從警多年的經驗來預判，這顯然就是一場有預謀的綁架。古董內心不安的情緒持續發酵著，深怕當年的「六二八」慘劇再次重現。

　　突然，古董的手機響起，結果發現是個完全陌生的號碼。

　　遲疑片刻，古董還是接通了電話，開口問道：「您好，請問您找誰？」

　　電話那頭傳來一道蒼老的聲音回答道：「老古董，你還記得龍三嗎？」

　　這個聲音猶如晴天霹靂。古董繼續追問道：「你是誰？你想做什麼？」

　　「呵呵，我告訴你一聲，有個叫唐海城的小子在我手裡，你不想他去陪郭凱茂吧？」

　　「你到底想怎麼樣！？」古董直接吼了出來，他的額頭青筋暴起。

　　「老古董，你別激動。說起來，這孩子和郭凱茂很像呀，一樣的都那麼年輕，一樣的前途不可估量。可惜，再過兩個小時，他就要被炸成一堆碎片咯。」說著，電話那頭傳出一陣喪心病狂的笑聲。

古董覺得自己的血液都凝固了，手腳冰涼，聲音不由自主地放低道：「雖然我不知道你想做什麼，但你千萬別傷害他，他只是個孩子。我知道你的目標其實是我，你要我怎麼樣都行，你開口我一定照做。」

　　「爽快，一個小時後趕到躍龍教育基地，只許你一個人來，否則我就炸彈死唐海城！」

　　「沒問題！」古董說完就掛了電話，從抽屜裡拿出一把手槍，將子彈填充滿揣到腰後。

　　與此同時，躍龍教育基地之中，唐海城醒後正觀察著周圍的環境，卻發現了一名老者。

　　這位年逾花甲的老者正拄著柺杖，看著唐海城感嘆道：「你小子真是可惜了。」

　　唐海城剛想張嘴說說話，結果覺得自己頭痛欲裂，嗓子乾到都快冒煙了。

　　「我知道你想說啥，你要問我是誰？為什麼綁架你？對吧？」

　　唐海城沒有說話，也沒任何動作，只是用要吃人的眼神死死盯著老者。

　　「這事其實跟你無關，但你的命不好，才被捲了進來。」老者說著，就開始狂咳不止。

　　「我有個孩子，他和你的歲數差不多。如果現在還活著，應該也結婚生子了。」老者望著唐海城，自言自語了起來，「他就是我這輩子最完美的作品，而且我還費盡心思想培養他當接班人。」

　　唐海城一陣愕然，他覺得老者的口氣不像是在說兒子，反而像是在說一個商品。

第九案　以命換命

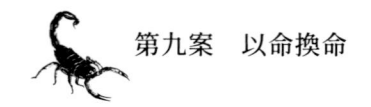

「如果不出什麼意外的話，我死後他會全面接管我的所有產業，而我一直都期待著那一天能早日到來。」老者說著，又是一臉悵然，然後仰天長嘆，「不過，這都要怪那個該死的老傢伙。若不是因為他，我兒子就不會死！」

唐海城聽得稀裡糊塗，可他又沒法發問，只能繼續聽下去。

「我兒子只是不小心誤殺了他徒弟，他便要將我兒子趕盡殺絕！」老者惡狠狠道地，「如果不是他，我兒這些年怎會東躲西藏，我又怎會無暇顧及，讓黑水那夥人鑽了空子，殺了我最心愛的兒子！」

唐海城張大了嘴，沙啞著嗓子，艱難地開口問道：「等一下，難道你兒子是龍三！？」

老者很詫異地看了一眼唐海城，露出無比驕傲的神情道：「對，龍三就是我兒子！」

唐海城不知該作何評論，因為嗓子實在太疼了，疼到無法繼續開口說話。

「如果不是古董，我兒根本不會死。黑水那些人算什麼東西，我動動手指就能捏死那群垃圾。若不是為了應對你們這幫臭警察，我才不會讓自己的兒子東躲西藏，給了黑水幫動手的機會！」老者說著，就涕淚橫行，沒過多久便恢復了平靜，「不過無所謂，反正你們所有人都要為我兒陪葬！」

唐海城回想起胡之銘父親的死，突然明白了一切。原來，龍三真被黑水幫的人給殺了。

「其實，我還要感謝某些人，比如那個姓胡的蠢貨。當年是親手我殺了他爹，如今他還要替我賣命，把你們一個個都抓過來！」老者發出一陣喪心

病狂的笑聲,「你們不知道,為了這一天,我謀劃了多少年!為了不讓我兒去世的消息外洩,影響我的復仇大計,便將當年的知情者通通滅口了!」

唐海城只覺得眼前這老頭實在是太過喪心病狂,一邊扭動身體伺機逃跑,一邊假裝驚恐。

老者貌似看穿了唐海城的小心思,用手指輕輕點了點他的頭頂,警告道:「我勸你最好不要亂動,萬一拉動了頭頂上的牽繩,炸彈提前爆炸的話,我們就都完蛋了。畢竟,古董那傢伙還沒來。」

唐海城聽著,渾身汗毛乍起,幸好剛才沒採取太激烈的動作,不然這會他可能被炸死了。

「放心,你還有活命的機會。」老者咳嗽了幾聲,「古董會跟你換命,我今天只想他死!」

唐海城暗罵老者惡毒,而此時古董這個孤膽英雄距離躍龍基地,只剩十幾分鐘的車程了。

▬ 以命換命

白煙煙一臉冷漠地看著胡之銘說:「我以為你會停手。」

胡之銘聽著先是一怔,隨即笑著問道:「你一早就發現了?」

白煙煙微微點頭,然後又追問道:「你為何要這麼做?」

「我說了你也不懂。」胡之銘長嘆,從桌上拿起水走到白煙煙身邊打算餵她喝水。

第九案　以命換命

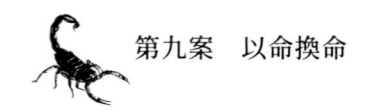

　　白煙煙直接把頭扭到一旁，因為她對眼前之人已經徹底失望了，連看都不想看到對方。

　　「煙煙，不吃東西可以，不喝水可不行。」胡之銘很溫柔地對白煙煙說道。

　　「胡之銘，我真希望你能變回當年的那個你，那個才是真正的你！」白煙煙一字一句道。

　　胡之銘的手顫了顫，嘴角也微微抽動了幾下。他繼續強行給白煙煙餵水喝，可依舊一次又一次被拒。最終，胡之銘還是徹底爆發了，把手中的水瓶砸到地上，白煙煙也被他的狂躁驚到了。

　　「當年？你知道我當年經歷了什麼嗎？家裡人一個一個離我而去，從前的一切都在瞬間消失，你卻告訴我你懷念從前的我？」胡之銘面目猙獰，繼續狂吼，「就算是重來一遍、一百遍，我都不後悔自己的選擇！」

　　白煙煙知道胡之銘已經徹底變了，繼續說道：「我理解你。」

　　「你真的理解我嗎？你理解我的話，就應該一直相信我，而不是暗中調查我！」胡之銘回過頭，眼神陰冷地看著白煙煙，「我爸的身分確實不光彩，我確實和毒蠍有關係，可難道這些就是你拒絕我的理由？」

　　白煙煙緘默不語。胡之銘越發狂躁起來，他大聲質問道：「你們誰管過我的死活？我在那些人之間受盡折磨的時候，你們這些滿口正義的人又在何處？如果不是義父，我怎能撐到今天？我確實不再是以前那個胡之銘了，自從我決定追隨義父那天起，我就已經變成龍三了！」

　　白煙煙的心彷彿被刀尖劃過。眼前的胡之銘已經陷入了瘋狂，連心態都徹底崩潰了。

　　「我本以為你會不一樣，可到頭來，連你都要離開我，就因為我是毒

蠍的人，就因為我爸是胡浩天！」胡之銘走上前去，蹲在白煙煙的面前，用手強行將白煙煙的臉給擺正，強迫她看著自己。

胡之銘紅著眼睛與白煙煙對視，大聲吼道：「你為什麼要這樣對我！」

隨著這一聲怒吼，白煙煙早已是淚流滿面。胡之銘看著哭泣的白煙煙，又有些心疼。

許久之後，白煙煙抽泣著說：「胡之銘，其實從你在我手機裡裝軟體的時候起，我就知道了你的真實身分。可那時我心裡還有一絲幻想，我以為你會及時收手，我以為一切都是我想多了。」

因為白煙煙早在李墨白的幫助下發現了手機中的那個軟體，而且這些天，她也一直在暗中配合李墨白跟古董，就是為了執行最新的獵蠍計畫，新計畫中自然也包括了要配合胡之銘演一場大戲。

白煙煙帶著哭腔哀求道：「胡之銘，我真不想看到這樣的場景，你能不能收手？」

胡之銘起身，堅定地搖了搖頭：「煙煙，對不起，我還有心願沒完成，不可能停手。」

「我從沒想過放棄你，為何你偏偏要自暴自棄？！」白煙煙歇斯底里地吼道，她怒氣沖沖地破口大罵，「難道你甘心被毒蠍利用，成為他們的代罪羔羊？毒蠍一直都在對外散播龍三的消息，為的就是用你吸引警察的注意力，吸引仇家的注意力，難道你看不明白嗎？」

胡之銘望著白煙煙說：「我其實都知道，但為了讓義父幫我父母報仇，我別無選擇！」

白煙煙繼續大吼道：「胡之銘，你給我清醒一點，毒蠍是你的殺父仇人，怎會幫你報仇？」

第九案　以命換命

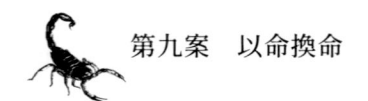

　　此話一出，胡之銘當場就愣住了。白煙煙將她知道的真相娓娓道出，成功說服了胡之銘。

　　與此同時，在派出所裡的李墨白也發現事情開始不可控了。從白煙煙離奇失蹤，古董獨自行動，外帶唐海城突然失聯，一切都預兆著一場惡戰即將打響。很快，市局方面也傳來了消息。

　　「緊急狀況，毒蠍又有行動了！」李大龍負責帶隊，結果趕到派出所後並沒見到古董的身影，一時間也是大吃一驚。直到聽完李墨白的推斷後，李大龍立刻明白了當下的真實情況。

　　「小白，聽你這意思，如果師叔真的貿然行動，肯定會有生命危險！」李大龍一時間心急如焚，立刻連繫齊大軍，請求最新指示。李墨白更是著急，趕緊對古董的手機進行了定位追蹤，不出一會兒就鎖定了古董的位置，因為古董已經到了躍龍教育基地。

　　「師父，我們下一步該怎麼辦？」李大龍拿著電話問那頭的齊大軍。

　　「立刻增派人手展開營救行動！」齊大軍當機立斷，下了最新命令。

　　李墨白的電話突然響起，他發現來電人是白煙煙，接通後問道：「煙煙，你在哪？」

　　「小白，我現在沒事了。你趕快想辦法去躍龍教育基地救人，海城和古所都在那裡。」電話那頭，白煙煙的聲音極為嘶啞。她相當費力地說出這句話後，就收線了。李墨白跟李大龍趕忙組織附近的所有警力，火速趕往躍龍教育基地。

　　此時此刻，古董已經進入了倉庫之中。他看著空蕩蕩的倉庫，先前的那個老者已經不知去向，唯獨唐海城一人被捆在椅子上，嘴也被黑色的膠布給封住了。唐海城見古董想走上前來，只好不停地瘋狂搖頭。古董發現

唐海城背後拴著一根細繩，自然明白是何物，但他還是走了過去。

古董剛用手撕開唐海城嘴上的膠帶，唐海城便急忙大喊道：「老古董，我背後的繩子只要一被拉動，身上的炸彈就會引爆。你現在別管我了，快點走啊！」

唐海城話音剛落，倉庫中的揚聲器發出一道聲音：「古董，難道你打算見死不救？」

古董面不改色地回應道：「廢話少說，我要怎麼做才能救他？」

揚聲器很痛快地回答道：「很簡單，你替這小子解開繩索，他就可以走了。」

古董輕蔑地笑了笑：「別和我玩花招，解開後炸彈就會爆炸，到時我們一個都跑不掉。」

揚聲器繼續傳出聲音說：「你放心吧，這個繩索的繩釦是用特殊手法所打，你只要遵守約定，只解繩子就一定不會引爆。不過，解開繩釦之後，你就不可能離開了，否則炸彈肯定會在第一時間爆炸！」

古董聽明白了，對方是想讓他換唐海城一條命，於是也痛快答應了。對方也很守信用，告訴了他正確的開釦方法。唐海城終於得救，但古董卻被困在了原地。唐海城望著古董，眼淚狂流不止。

「趕緊滾蛋，男子漢流血不流淚，你要給老子好好活著！」說著，古董踢了唐海城一腳。

揚聲器中也傳出一道聲音：「臭小子，你還不出去的話，我不介意現在引爆炸彈！」

唐海城哭喪著臉看向古董，古董又是一陣威脅。唐海城朝倉庫外跑去，暗想肯定要找人來救古董。結果，唐海城剛到基地的門口，就發現了

第九案　以命換命

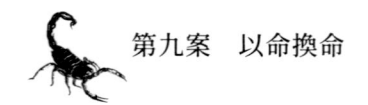

不少剛剛趕到的警察。唐海城趕緊跟在場的最高指揮官齊大軍講述倉庫內的情況。

齊大軍一聽揚聲器，就立刻想到了訊號傳輸問題，他安排人暗中上了對面的大樓。

此時，倉庫內的揚聲器再次說道：「三分鐘後，炸彈會自動引爆，你去陪我兒子吧！」

古董才明白原來自己先前的推斷沒錯，真的龍三早死了，現在的幕後主腦是龍三他爸。

古董十分瀟灑地說道：「只要你們能受到應有的懲罰和報應，我就算是死也不可惜！」

古董說完後，整個人彷彿鬆了一口氣。查毒蠍查了這麼多年，今天終於真相大白了。雖然這個真相跟他想像中有出入，但已經完全夠了。最起碼這一次，那個叫唐海城的孩子安全了。

時間一分一秒過去，果然在對面的大樓上，成功抓獲了毒蠍最大的幕後首腦——許煥龍。

「快說，炸彈怎麼取消？不然我掐死你！」唐海城紅雙眼，撲上前用手掐住許煥龍的脖子說。

「反正我也不想活了，有本事你掐死我啊！」許煥龍一副死豬不怕開水燙的模樣道。

話音剛落，突然傳出一陣響徹天際的爆炸聲。隨著這一聲巨響，一切都徹底結束了。

兩天之後，齊大軍帶著一群警察站在古董的病房外，一起朝病床上的人敬禮，因為古董剛動完手術，人還沒醒。不過，古董很幸運，因為倉庫

的背後是海江，就在炸彈即將爆炸的那一刻，古董用盡全力強行破窗，縱身一躍跳到了江裡。爆炸的威力雖然對他造成了一定的傷害，但萬幸並沒傷及性命。

由於胡之銘之前被白煙煙成功說服，許煥龍也被依法逮捕，而胡之銘也願意轉為汙點證人，親手出來指證自己的殺父仇人許煥龍，當然也好藉此機會能讓法官宣判時能酌情考慮輕判。至此，以許煥龍為首的毒蠍犯罪犯罪集團徹底被連根拔起，旗下的公司全部查封充公，連帶著所有涉案人員一併逮捕，全都要等待法律的審判。唐海城憑藉胡之銘的一份口供，成功恢復了清白之身，重新開始了他朝九晚五的從警生涯。青山區派出所的辦公室，再次恢復了以往的生機。古董經過長達半個月的專業康復訓練，終於能出院上班了。不知不覺又過了半個月，唐海城等人特意休假半天，他們要陪古董去一個特殊的地方。

半個小時之後，位於市郊的烈士陵園之中，聚集著一大群身穿警服的人，正筆直地站在郭凱茂的墓前。以古董這個所長為首，連帶著整個派出所的所有警員，齊齊向著郭凱茂的墓碑敬禮。一陣清風徐徐吹過，唐海城抬頭望了望天，發現風將天上雲都給吹散了，烈日照射到陵園的每一塊墓碑上。這個瞬間，他彷彿跟這些長眠地下的英雄們有了共鳴，或許就是因為這種共鳴產生了無限的力量，才會讓正義的力量一直薪火相傳，並且永不熄滅！

第九案　以命换命

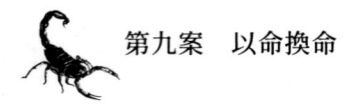

後記　寫給讀者

　　《海城片警》這個系列我花了一年多才徹底寫完，首先要感謝購買《海城片警》系列小說的讀者們，另外要特別感謝出版社的所有編輯老師們，沒有你們的辛苦付出，這套書就無法出版與廣大讀者見面。

　　在此，我帶著一點點小私心，提前預告會寫什麼東西。當然，首選還是懸疑類的題材，其中一套主打犯罪心理學，主要圍繞犯罪側寫和犯罪心理畫像來偵破各種離奇的心理學案件。該系列目前也屬於保密階段，我希望這個系列屆時也能得到大家的喜愛。

　　隨後，還會單獨開一個《法證專家》系列，主要講述新的男主角許皓天在一個極為神祕的部門擔任首席法醫鑑證導師跟科長，並攜帶三個奇葩小夥伴與各式各樣的犯罪分子進行生死博弈。不過，雖然主角變了，但法證系列依然比較特別，主要講什麼故事暫時保密。

（全文完。）

海城保警——獵蠍：
與英雄共鳴，與正義同在

作　　　者：王文杰	
發 行 人：黃振庭	
出 版 者：複刻文化事業有限公司	
發 行 者：複刻文化事業有限公司	
E - m a i l：sonbookservice@gmail.com	
粉 絲 頁：https://www.facebook.com/sonbookss/	
網　　　址：https://sonbook.net/	
地　　　址：台北市中正區重慶南路一段61號8樓	

8F., No.61, Sec. 1, Chongqing S. Rd., Zhongzheng Dist., Taipei City 100, Taiwan

電　　　話：(02)2370-3310
傳　　　真：(02)2388-1990
印　　　刷：京峯數位服務有限公司
律師顧問：廣華律師事務所 張珮琦律師

-版 權 聲 明-

本書版權為淞博數字科技所有授權崧燁文化事業有限公司獨家發行電子書及繁體書繁體字版。若有其他相關權利及授權需求請與本公司聯繫。
未經書面許可，不得複製、發行。

定　　　價：350元
發行日期：2024年08月第一版
◎本書以POD印製
Design Assets from Freepik.com

國家圖書館出版品預行編目資料

海城保警——獵蠍：與英雄共鳴，與正義同在 / 王文杰 著 . -- 第一版 . -- 臺北市：複刻文化事業有限公司，2024.08
面；　公分
POD 版
ISBN 978-626-7514-24-5(平裝)
857.7　　113011060

電子書購買

爽讀APP　　臉書